달팽이의 꼬리

달팽이의 꼬리

김현삼 소설집

도화

목 차

작가의 말

필자는 해변 마을에서 자랐습니다. 마을 앞에는 방풍림이 있었고, 그 방풍림 너머에는 바다가 있었습니다. 아시겠지만 바다처럼 많은 생각을 하게 하는 곳도 없습니다. 바다는 늘 장독에 동동 떠 있는 메주 모서리 같은 섬을 품고 있었고 그 섬은 짜 맞추다 만 퍼즐처럼 무질서했습니다. 그 사이를 오가는 배는 막연한 동경이었지요.

바다는 그 모든 것을 품고 있다가 가끔 용트림합니다. 파도는 어지간해서는 방풍림을 넘지 못하지만, 10년에 한 번쯤은 방풍림을 넘습니다. 그럴 때의 바다는 정말 무섭습니다.

그런 바람을 보고 자란 소년은 자연스럽게 바람을 품고 삽니다. 청년이 된 이후에도 마찬가지입니다. 그러나 바람은 실제로는 틈을 주지 않습니다. 나부끼는 깃발 밑에 앉아 있어도, 높다고 하는 산 정상에 올라도 바람은 늘 스쳐 지나갈 뿐입니다. 품을 수 없는 대상인데도 포기가 안 되는 것이 문제입니다.

소설이 그렇습니다. 여기에 묶은 단편은 바람을 품으려 한 흔적입니다.

이 소설집에는 그동안 쓴 단편 중에 베이비붐 세대와 NZ세대를 위주로 쓴 단편만 묶었습니다.

'나는 이 소설의 주인공보다는 나아'하는 위로를 주고 싶었습니다.

다음에는 더 나은 바람 사냥꾼이 되어 만났으면 합니다.

소설가 김현삼 올림

탈피

끝예는 잘 가꾸어진 정원 한편의 수돗가에서 두 뼘 크기의 작은 어항의 물갈이를 마치고 가재가 든 어항을 조심스럽게 들고 지하 연습실로 향했다. 지하 연습실에는 명창의 전수 장학생인 하성예가 오늘도 무릎을 꿇고 있다. 사흘째 저녁이면 찾아와서 공연 허락을 요청하고 있지만, 명창은 본 척도 안 했다. 오늘은 어제보다 이른 시간이다.

끝예는 어항을 조심스럽게 탁자 위에 놓고 전선 플러그를 꽂았다. 작은 어항에 희미한 불이 켜지고 물속에 하얀 거품이 일었다. 명창이 다가와 어항을 보다가 하성예 쪽으로 걸어갔다. 어이없게도 하성예와 마주 앉아 눈을 감는다. 머리를 단정히 빗어 쪽을 졌고 흰 치마저고리 차림이다.

잠시 뒤 전수 조교와 이수 제자들이 조용히 하성예 뒤에 합세해 앉았다. 끝예는 스승과 제자로 나뉘어 앉은 모습이 마땅찮다.

명창이 눈을 뜨면 놀랄 것 같다.

"어머니, 퓨전 판소리를 한대서 전통을 저버리기야 하겠습니까. 내일이 공연 날입니다."

전수 조교는 하성예 뒤에 앉아 조심스럽게 말한다. 명창은 그래도 눈을 뜨지 않는다.

끝예는 '어머니'란 소리에 집게손가락을 세워 거울로 된 연습실 벽을 긋고 걸었다. 거울에 긴 줄을 그어놓으면 지금까지는 하성예가 짜증을 내면서 흔적을 지웠다. 야단을 좀 치라는 것인지 명창을 향해 "어머니!" 할 때도 있지만, 명창은 주의를 준 적이 없다. 제자들은 하나같이 명창을 어머니라 불렀다. 끝예는 어머니란 소리를 들을 때마다 이명 비슷한 통증을 느낀다.

"어머니, 내일은 허락이 없어도 공연을 할 겁니다."

명창은 그때야 체념한 듯 긴 한숨을 쉬면서 눈을 떴다. 제자들이 둘러앉는 것을 이미 안듯이 놀라는 표정은 아니다.

"내가 왜 이러는지 마음에 새겼으리라. 눈대목 두어 마디 듣고 끝내자."

"고맙습니다, 어머니."

전수 조교가 깍듯이 예를 표하자 이수 제자들은 하성예를 눕히고 다리부터 주물렀다. 하성예는 뒤늦은 허락에 눈물을 훔치랴 자세를 고쳐 앉으랴 바쁘다.

명창은 제자들을 향해 앉은 채로 다시 눈을 감았다. 이수 제자 중 맨 끝에 앉은 전수 조교가 급히 북을 챙겨 앉았다. 하성예가 머리를 까딱하자 전수 조교가 북을 두둥 쳤다.

"쑥대머리 귀신형용…"

훅하니 불어온 바람처럼 컬컬한 목소리가 연습실을 채웠다.

"적막옥방의 찬 자리에 생각난 것이 임뿐이라. 보고지고 보고지고 한양낭군 보고지고…"

찢어지도록 사무치는 그리움이 밴 목소리다. 끝에는 흉내도 못 낼 목소리다.

"막왕막래 막혔으니 앵모서를 내가 어이 보며…, 손가락에 피를 내어 사정으로 편지헐까…"

하성예의 창은 낭군에 대한 그리움이 한으로 쌓였다. 사흘 동안 맺힌 소리가 오늘에야 한을 풀 듯 와르르 쏟아지는 느낌이다.

명창은 어느 순간 고개를 끄덕이며 쥘부채를 걷었다. 하성예는 창을 멈추고 스승의 말을 청하듯이 조신하게 고개를 숙였다. 뒤에 둘러앉은 제자들도 말이 없다. 명창은 긴 한숨을 토했다.

"공연 준비는 다 마쳤을 것인데, 허락을 안 하면 안 할 생각이었더냐?"

"허락해 주시리라 믿었습니다."

하성예의 목소리는 차분하고 서운함이 없다.

"춘향가 반창을 퓨전으로 보이는 것이니 그것으로 오감해야 할 일이다만, 안 갈란다. 잘 마치거라."

명창이 공연에 가지 않겠다는데도 하성예는 감사하는 표정이다.

"어머니, 허락 감사합니다."

끝예는 이번에도 거울에 줄을 긋고 걸었다. 잠깐이지만 약국에 오도카니 앉아 있는 어머니가 얼비쳤다. 이명을 털기 위해 명창 쪽을 보자 명창은 여전히 자리에 앉은 채다. 둘러앉은 제자들은 하성예와 함께 일어섰다. 제자들은 명창의 허락이 떨어졌으니 뒤늦게 하성예를 도우려는 생각 같다.

제자들이 물러가자 명창이 되돌아 앉았다. 연습실은 입구 쪽 벽을 빼고는 거울로 돼 있어서 자신을 고스란히 볼 수 있다.

끝예는 명창이 거울을 향해 앉는 것을 보고 전수 조교가 한쪽에 치워놓은 북과 북채를 명창 앞에 놓아주고 물러났다. 이제 그 정도 눈치는 생겼고 실내의 사물은 서둘러 가져다줄 만큼 눈에 익었다.

명창은 자세를 추슬러 북과 북채를 바로잡고 북장단을 두둥 넣었다.

"쑥대머리 귀신형용…"

제자들이 불렀던 쑥대머리였고, 할머니가 들려준 쑥대머리였다. 끝예는 한쪽 옆에 앉아 눈을 감았다. 명창의 아귀성은 지하 연습실을 뒤흔들었다. 제자들의 소리보다 더 깊고 곰삭은 소리다. 그 소리에는 명창의 그리움이 매달려서 밀려 내달리다가 끌려서 진득거리다가 독처에 갇힌 몸이 되어 몸부림쳤다.

"내가 만일에 임을 못 보고 옥중 원귀가 되거드면, 무덤 근처 있난 돌은 망부석이 될 것이요…, 아이고 답답 내 일이야. 이를 장

14

차 어쩔거나…"

끝예는 입을 달싹거리면서 따라 하다가 끝내 눈물을 훔쳤다. 소리가 어느새 끝예의 답답함을 품고 옥죄었다. 명창도 소리하다 말고 북을 끌어안고 엎드려 있다. 등이 들썩거린다. 끝예는 명창의 등을 쓸어줄 엄두를 못 내다가 시간이 흘러서야 입을 뗐다.

"사람을 키운다는 것이 임병지랄 같은 것이네. 시간이 늦었응께 주무시지라!"

중3에 불과한 끝예 생각으로는 창을 멈추게 하는 것은 고수가 할 일이었다. 어린 명창은 있어도 어린 고수는 없다지만, 끝예는 오늘만은 명창의 소리를 멎게 하는 고수이고 싶었다. 전통을 허무는 일이 눈물을 흘릴 만큼 대단한 일 같지 않고, 실명을 앞두고 창을 선택한 자신의 아픔보다 못한 것 같다.

끝예는 명창이 일어나 앉는 것을 보고 북을 거둬서 한쪽에 뒀다. 명창은 북을 거둬간 뒤에도 그 자리에 앉아 있었다.

끝예는 더는 간섭할 생각이 없다. 벽 한쪽에 놓인 어항 쪽으로 갔다. 교체된 물에 적응했는지 민물 가재의 움직임이 더 활발해져 있다. 유일한 친구다. 처음에는 세 마리였는데 열흘을 지나는 동안 한 마리만 남았다. 세상에 동족을 잡아먹는 녀석이었다. 인터넷을 뒤져서 알아보니 영역 다툼이었다.

어항은 두 뼘 크기인데도 그 속을 다 보려면 눈을 이쪽저쪽으로 움직여야 했다. 황반변성이 그랬다. 정확하게는 '스타가르트병'이라 하는데 황반의 손상으로 주변을 정확히 볼 수 없고, 유전성 병이라 체념하듯 실명의 순서를 밟고 있었다. 명창은 제자를 받지 않기로 했지만, 딱한 사정에 받아주면서 마지막 제자라는 뜻에서 '끝예'라고 예명을 지었다. 제자들은 한결같이 웃으며 끝예라고 불렀다.

"끝예야?"

가재의 움직임에 빠져 있을 때 명창이 불렀다.

"예."

명창은 불러놓고 말이 없다. 난달 아닌 외길이어서 바로 배우겠다고 했는데도 한 달을 견뎌 보고 스승과 제자가 되기로 했다. 열흘 남짓 명창과 지내고 있어서 명창의 마음을 대충 알 것 같다. 전통의 창에 현대 무용과 연극, 음악이 뒤섞이는 퓨전이 위험해 보이고 걸리는 것이다. "아이고 답답한 내 일이야" 할 때의 애끓는 소리에 이미 안 일이었다. 하성예를 마지막 전수 장학생으로 받아들였으니 각오도 남달랐던 것 같았다.

"너도 결국은 내 뜻을 어길 것인디…, 안 배우면 어쩔거나. 밤새 달려 동해나 보고 올거나?"

경치를 즐기는 것은 오래전에 포기한 일이다. 홀쩍 떠나고 싶은 마음은 알 것 같다. 아버지는 끝예가 황반변성 진단이 나왔을 때, 이미 각오를 하고 있었던 듯 술로 자책했다. 딸에게 2만 명에 한 명꼴로 발병하는 유전병을 전했다는 자책으로 키우던 어항만 남긴 채 광주에서 울산 근무를 신청해서 떠나고 말았다. 떠나는 날 할아버지도 오십이 넘어 앓았고, 실명했다는 것을 알았다.

끝에는 중심 시력을 잃기 시작하면서 고등학교 1학년생의 감정을 가져보지 못했다. 머리가 솟칠 일도, 가슴이 후련하게 외칠 일도 없었지만, 다행히 할머니로부터 판소리를 배우면서 그 둘을 경험했다. 모든 것을 모질게 포기해야 한다는 것, 익숙한 것을 포기할 때마다 아무도 '왜'라고 묻지 않았는데, 할머니가 가르쳐 준 창을 통해 가슴 솟치게 내뱉을 수 있었다.

가족 중에 가까이에서 머리를 쓰다듬고 등을 토닥이는 사람은 할머니뿐이었다. 어머니는 약국 일에 매달려 매일 밤에나 볼 수 있었다. 숨죽여 혼자 울고 있던 어느 날 할머니는 가슴속 깊숙이에서 어떤 소리를 끌어냈다. 그 소리는 가슴에 고인 안개 같은 것이 새끼줄처럼 꼬여서 나오는 것 같았다. 그 소리가 〈쑥대머리〉였다. 꼬여서 나온 소리는 그대로 끝에의 가슴으로 밀려들었다.

"할매, 그 소리를 갈켜줄라요?"

할머니는 고개를 끄덕이면서 끝에의 머리를 쓰다듬었다.

"뭐든 독하게 맘을 묶어야제. 강과 내에다 돌을 놓고, 맹글어진 길 반, 내 길 반으로 가야제. 서럽고 원망할 겨를이 어딨어?"

건널 수 없는 강조차 돌을 놓고 건너라는 할머니의 당부는 이해되지 않았지만, 할머니가 처녀 시절 또랑광대였다는 말은 그때 처음 들었다. 또랑광대는 명창이 되지 못하고 마을 안에서나 판소리를 하는 소리꾼이었다.

"그 세월이 어땠겠냐? 그걸 못하면 죽을 줄 알았는디 살았다. 잊자고 안 한 소린디, 널 보니 나온다. 어쩔 것이냐 그래도 가 봐야제."

병원을 오가는 1년여 동안 할머니하고만 지내다 보니 말투도 마음도 할머니를 닮고 말았다. 낮 동안 할머니와 소리를 하는 1년은 훌쩍 70대 어른의 생각이 되게 했다. 판소리는 아랫배를 단단히 밀어 올리는 응어리이면서 길게 내지를 수 있어서 좋았다.

끝예는 그날따라 할머니와 가족이 보고 싶었다. 외롭다는 기분을 알 것 같다. 바람처럼 뛰어다녔던 초등학생 시절이 있었다는 것이 신기했다. 중학교에서는 남들과 어울리지 못하면서 혼자였고, 이제 집에서는 늘 가시를 세운 고슴도치 같아서 아무도 건드리지 않았다. 창을 배우기로 하면서 학교를 잊을 수 있었다. 어머니하고만 평행선이었다. 어머니는 터앝에 갇혀 사는 사람 같았다. 서울로 출발하기 전날이었다.

"엄마가 태워다 준다는디 왜 혼자 간다는 것이냐?"

끝예는 터앝에 갇힌 사람과 함께 가는 기분을 할머니가 알까 싶었다.

"아직은 혼자 갈 수 있응께! 혼자 오가야 할 길 아니것소."

야멸차게 뿌리친 이유는 혼자가 되기 위해서였다. 누구에게도 짐이 되고 싶지 않았다. 그런데 혼자라는 생각이 낯설고 가슴을 휘저었다. 말로 표현할 수 없는 무거운 것이 명치에 턱 하니 걸려 있었다. 할머니와 수락폭포를 다녀오면서도 그걸 느꼈다. 목소리를 가다듬는 일이 낯설기도 했지만 혼자 해내야 한다는 것이 막막했다.

"갈까보다, 갈까부네. 임을 따라서 갈까부다. 천 리라도 따라가고 만 리라도 갈까부다. 바람도 쉬어 넘고 구름도 쉬어 넘는 수진이 날진이 해동청 보라매 모두다 쉬여 넘는 동설령 고개라도 임 따라 갈까부다…"

끝예는 답답함에 혼자 소리를 내 보았다. 명창이 일어서서 목소리에 맞춰서 춤사위를 펼쳤다. 왼팔을 길게 뻗어 내던지고 오른발을 돌아 핑그르르 돌더니 비녀를 뺐다. 머리카락이 무너지는 마음처럼 치렁하니 매달렸다. 버선발이 쫑긋거리면서 바닥치기를 하고 손은 치마를 잡아 소리에 맞춘 발림을 했다. 끝예는 하찮은 자신의 소리에 맞춰 스승이 발림을 하는 것에 울고 말았다. 이내 명창이 다가와 등을 쓸었다.

"네 나이에 그 사설을 알 것 같아서 했느냐? 학원이라도 다녔어?"

"할매한테 배웠소. 학교 안 가면 할매와 나뿐인디 할매가 또랑광대였다 했소."

"신산했구나. 탁성이 들을 만하다. 한도 적당히 쌓였고…"

명창을 연결해 준 할머니의 친구분도 긴 설명은 뺀 모양이었다.

"오늘은 여기에서 같이 자자. 여긴 불을 끄면 아침도 낮도 없는 밤 아니냐."

끝예는 벽 뒤로 통하는 문을 열고 이불 두 채를 가져와 바닥에 나란히 폈다. 불을 꺼도 어항 불빛이 조요하다. 명창은 이곳으로 오던 첫날 혼자 두기 그렇다는 말로 같이 누웠지만, 밤늦도록 판소리의 고달픔을 얘기했다. 오늘도 잠 못 이루는 밤이 될 것 같았다. 그때 불쑥 하성예의 목소리가 끼어들었다.

"어머니가 약국 하신다며? 어머니가 감당해 주는 동안에 창을 마스터해야 해. 그 담엔 노력 나름이지. 스승님 세대는 '전통'이 통했어. 지금은 창이 맛보기에 불과해. 듣는 귀를 따라 몸부림을 쳐야 한다는 거지."

'몸부림을 쳐야 한다'라는 말이 실감 나지 않았다. '어머니가 감당해 주는 동안에 마스터해야' 한다는 말도 이해되지 않았다. 또래들은 공부를 떠나 놀고 싶어 했다. 풍족하게 놀 수 있으면서 자존심을 지킬 수 있으면 그게 최고였다.

끝예는 광주에서 서울의 〈이고안 명창 판소리 연구소〉로 옮겨 온 이후 연습실을 벗어나지 않았다. 실명 사실을 알게 되면 오갈 동정이 뻔해서였다. 대신 지하실과 명창 가족이 기거하는 2층을 몰래 눈을 감고 오가다 듣는 소리는 모두가 포기할 것뿐이었다. 귀로만 듣는 세상. 정신없이 뛰면서 하는 손짓, 옷맵시, 소리 없는 춤사위 같은 것은 곧 잊어야 했다.

문자도 그중 하나였다. 약국을 떠나지 못하는 어머니가 저시력 보조용 앱에 대해 문자를 보내와도 답을 하지 않았다. 글자를 열 배 키워줘도 시력을 잃으면 그만이었다. 서둘러 가사를 외우는 중이었다. 명창이 알려주는 북장단을 연습하다가 지치면 명창의 녹음테이프를 들으면서 외우니 눈이 피로하지 않았다.

"시대를 봐서는 지 하자는 대로 놔두고 싶다. 구식이든 신식이든 배우는 것을 탓할 일은 아니니! 하지만 소리의 끝도 보기 전에 퓨전 공연이 뭔 말이란 말이냐."

명창의 이야기는 민물 가재 어항의 불빛만 희미한 곳에서 끝예의 반응과 상관없이 이어졌다. 명창은 명창대로 하성에 얘기를 했고, 끝예는 끝예 대로 옛날로 되돌아가고 말았다.

끝예가 중심 시력을 잃을 정도가 돼서 병원을 찾은 것은 어머니 때문이었다. 어머니의 유일한 관심 사항은 성적이었다. 성적에 필요한 모든 것은 아끼지 않았지만, 친구들과의 놀이는 기를 쓰고 막았다. 눈이 침침해지면서 친구들과 어울리는 것은 어려워도 혼자가 되는 것은 어렵지 않았다. 결국, 책상에 책만 놓고 혼자 노는 놀이가 되면서 사물이 뒤틀려 보이거나 어떤 부분이 지워져 보여도 눈을 너무 혹사해서 그러려니 했다.

중심 시력을 잃어가는 단계가 되어서야 할머니한테 말했고, 병원을 간 것도 할머니와 함께였다.

어머니는 담임의 전화를 받고 나서야 한 달 가까이 학교에 가지 않은 것을 문제 삼았다. 어머니는 어떤 이유보다 내가 학교에 가지 않은 사실에 힘들어했다. 학교에 가지 않은 것을 알면서도 알려주지 않은 할머니는 어머니한테 엄청나게 구박당했다.

어머니는 대놓고 할머니를 나무랐다. 할머니가 〈쑥대머리〉를 부르기 시작한 것은 그 무렵이었다. 병명이 밝혀진 것도 비슷한 시기였다. 병명은 끝예도 놀라운 일이었다. 모든 것이 피곤 때문이려니 했는데, 그게 황반변성 때문인 것을 알았기 때문이다. 그것은 영영 학교와 멀어져야 하는 일이었다.

"내 새끼가 핵교 가기 싫다면 하나님이 딴 길을 주시겠지. 괜찮다. 뭐든 하나만 제대로 하면 되는 시상이다."

할머니는 이미 손녀를 가르칠 명창을 찾았다. 또랑광대 시절의 친구들이 모두 동원돼서 이고안 명창이 대안이 됐다.

끝예는 그때부터 소리 연습을 시작했다. 3개월 정도 소리를 배웠을 때 구례 수락폭포로 갔다. 그곳은 할머니가 독공을 한 곳이었다.

끝예는 그곳에서 목이 쉴 대로 쉬어서 목이 잠긴 탁성이 됐다. 할머니는 냅다 소리만 치면 되는 일이 아니라고 말렸지만, 끝예는 완전히 실성한 사람이 되고 말았다. 목이 잠겨서 온 산을 뛰어다녔다. 열이 머리로 뻗쳐서 거의 벗다시피 하고 산을 쏘다니면서도 소리를 놓지 못했다. 외칠수록 한심하기 짝이 없는 처지로 비쳤다. 결국 목이 잠기고 말았다.

할머니는 잠시 쉬면 될 일이라 말했지만, 끝없이 소리치고 싶었다. 잠들지도 못하고 오로지 소리를 내려고만 했다. 소리조차 극복 못 하면 할 것이 없을 것 같아 소리치다 보니 어느 날은 봉두난발로 피를 쏟았다. 할머니는 끝예가 피를 토하고 지쳐 쓰러졌을 때야 나무에 세우고 묶었다.

"원망이 소리가 됐다는 말 못 들었다! 선찮은 눈으로 뛰니 이렇게라도 혀야겠다."

끝예가 나무에 묶여 소리쳐도 할머니는 먼 산만 봤다.

"여그까지만 하자. 우리 손녀 여그까지 온 것만도 장허다."

끝예는 나무에 묶인 채 하룻밤을 넘겼을 때야 소리 지르기를 멈췄다. 거기까지였다. 할머니와 함께 되돌아오는 길은 쓸쓸하고 암담했다.

그 쓸쓸함에 빠져들었을 때야 명창의 소리가 귀에 들어왔다.

"소리로 일가를 이루는 것이 공부보다 몇 배 어려울 수도 있는디, 어째, 너는 나를 원망 안 하고 따라올 자신이 있냐?"

끝예는 다시 수락폭포와 산속이 어른거렸다. 그렇지만 봉두난발로 피를 토하고 나무에 묶여 본 경험이 있어 쉬 '예'라 할 수 없었다. 그 쓸쓸함을 벗어나는 길이 득음에 있다는 것은 알고 있기에 대답을 미루고 있는데 명창이 긴 한숨을 쉬었다.

"사람 가는 길이 기계로 뽑듯이 같을 수야 없제. 누구 인생이라고 좌로 뒤틀리고 우로 꺾이는 것을 알고 가더냐…. 가다 보면 다들 제 밥그릇 크기로 걷게 되는 것이제."

명창의 세월은 하성예보다 더 독하고 험한 길을 걸어서 인간문화재가 된 것 같았다. 할머니 정도의 목소리로 또랑광대에 머물렀는데 명창은 결코 쉬운 길을 걸은 것 같지 않았다.

자세히 보면 어른들의 시간은 매우 달랐다. 달라서 누군 주춧돌이 되고 누군 잡음돌이 되고 누군 채움돌이 되어 담장을 이루었다.

가족도 그와 같았다. 아버지가 얼먹은 사람이 되어 회사만 오갈 때 어머니는 난시 관련 자료를 모았다. 거기에는 유전자 교정 기술인 '크리스퍼'로 이미 노인성 황반변성을 치료하고 실명을 예방하는 데 성공한 사례도 있었고, 차세대 크리스퍼 '유전자 편집기'가 개발되고 있기도 했다. 그렇지만 거기까지였다. 어머니는 매일 같은 시간에 약국 문을 열었고, 같은 시간에 문을 닫고 집으로 왔다. 낮 동안 집에서 어떤 일이 일어났는지는 관심 밖이었다. 약국에 있는 시간은 신성한 근무 시간이었고, 도피처였다. 어머니는 끝예가 할머니와 함께 수락폭포를 며칠 다녀왔는지 그곳에서 어떤 일이 벌어졌는지는 전혀 묻지 않았다. 그것이 자신을 지탱하는 방법 같았다.

그러니 어머니가 모으는 자료는 어머니가 위로받기 위한 자료로만 보였다. 얼먹은 아버지의 태도나 어머니는 얼뜨게 여울 건너기를 하는 것으로 보일 뿐이었다.

보기 좋으라고 수초를 넣어 줬지만, 가재는 그 수초를 조금씩 먹어치웠다. 세 마리를 넣어 줬지만, 두 마리만 보이다가, 한 마리만 남았다.

끝예는 혼자만 남은 가재처럼 보살핌을 받고 싶었다. 가재는 걱정이 없을 것 같고 언제든 먹이가 중단될 걱정을 하지도 않을 것 같았다.

명창이 불쑥, 제자도 스승의 삶을 좇는 것 같다고 했을 때 까무룩했다. 할머니면 몰라도 남남이 닮기까지 한다는 것이 이해되지 않았다.

일어났을 때는 명창은 간밤의 열병에서 벗어나 '파리 가을 축제'에 나갈 준비로 종일 거울을 대면하고 앉아 춘향가를 완창했다. 들리는 소리로는 명창이 파리 가을 축제에 가는 것은 두 번째였다. 첫 번째 갔을 때는 파리 서쪽 생제르맹에서 춘향가를 완창했고, 이번에는 오페라 하우스인 샤틀레 극장에서 완창하는 것이었다. 그동안 베를린, 미국 링컨센터, 영국의 에든버러 페스티벌에도 다녀왔다고 말했다. 그게 제자들 차지가 되려면 까마득하다는 얘기였다.

제자들이 하성예 공연장에 가 있으니 오늘 연습실은 명창 차지였다. 명창은 늦은 시간에야 완창을 마쳤다. 여느 날과 달리 점심도 거르면서 물만 마셨고 자세를 흐트러뜨리지 않았다. 완창을 마치고 걷는 모습은 검불처럼 흔들렸다.

"하성예가 어른거려서 혼났다. 나가 그렇게라도 뒤를 밀어줘야제!"

종일 뒤를 밀어주느라 점심도 거른 것을 알고 나니 마음이 이상했다. 밤새 원망을 삭히느라 그리 힘들어하더니, 새삼 스승도 다감한 할머니 같다.

전수 조교와 이수자들이 연습실로 모여든 것은 늦은 시간이었다. 얼굴에는 표가 나지 않지만, 제자들이 둘러앉은 연습실 안에는 이내 옅은 술 냄새가 돌았다. 명창은 모른 척했다.

"어머니, 여깃소. 전통을 더 잘 지킬 각오랍니다."

여럿의 제자 중 전수 조교가 회초리를 명창에게 넘겼다. 오늘 꽤 힘들었을 하성예가 다소곳이 명창 앞에 섰다. 생활한복 바지를 올리자 버선발이었고, 갸름한 종아리가 드러났다.

끝예는 명창이 한 말이 떠올라 회초리를 분질러 버릴 것으로 생각했다. 그렇지만 명창은 회초리를 들었다.

"지난 일을 탓할 일은 아니나 갈 길은 열 번을 탓해도 부족하다. 아플 것이다. 원망을 깊이 새기거라."

밤새 제자의 원망에 몸부림을 쳤으면서 또 원망을 새기라고 회초리를 드는 것을 보고 끝예는 밖으로 나오고 말았다. 사랑이 없으면 아픈 말도 없다는 말이 이것인가 싶었다. 독하게 커야지 하는 오기도 생겼다.

밖으로 나오니 관악산이 마주 보였다. 국회 단지 끝자락의 비탈에 있는 단독주택을 헐고 지하부터 다시 올린 집이라 연습장 밖으로 나오면 시야가 트였다. 정원을 서성거려도 이내 안의 일이 궁금했다. 다시 들어갔을 때 명창은 보이지 않고, 연습실 바닥에 하성예가 엎드려 있고, 전수 조교가 장딴지의 회초리 자국에 약을 발라주고 있었다.

"워메, 시원한 거! 논문까지 써제껴분 기분이요. 인자 밤새 술판을 벌여도 되겄소!"

하성예 언니는 대학원생이다. 논문 걱정을 하는 소리를 들었는데 그 논문조차 끝낸 기분이라면 날아갈 듯 홀가분한 것 같다.

"어머니도 세상이 변한다는 것을 아는 것이여. 그래도 풀어 드리자면 늦게까지 놀아야 쓰겄다."

전수 조교가 추임새 넣듯이 거들었다. 그곳에 모인 누구도 그냥 물러나려는 사람이 없었다. 끝예는 무슨 이상한 집단에 들어온 기분이었다. 명창 기분을 풀어 드리자고 늦게까지 놀자는 말은 쉬 이해되지 않았다. 명창이 밤늦도록 괴로워한 것을 듣보지도 못했으면서 풀어 주자는 말을 하는 것이 이해되지 않았다.

제자들은 숨겨 온 술과 안주를 가볍게 먹고 단가로 목을 풀었다. 수궁가 중 〈고고천변〉을 시작으로 판소리의 눈대목을 이어갔다. 〈사랑가〉를 하다가 〈심 봉사 눈뜨는 대목〉으로 넘어갔고, 〈토끼 배 가르는 대목〉을 나눠서 몇 마디씩 했다. 〈심 봉사 눈뜨는 대목〉을 합창하다가 〈제비노정기〉를 했고, 〈돈타령〉을 하다가 〈이별가〉를 부르기도 했다.

창과 아니리와 발림에서 거의 명창 수준이었다. 그렇지만 명창의 곰삭은 목소리와 아니리에는 못 미쳤다. 그렇게 판소리를 잇더니 하나둘 너부러졌다.

끝예는 놀이에 끼지 못하니 귀만 열고 어항 속 가재를 찾았다. 가재도 잠든 것처럼 멎어 있다. 이내 모두 널브러지고 혼자만 깨어 있게 되자 곧 들이닥칠 어둠과 맞선 기분이다. 그 어둠이야말로 익숙해져야 할 막막함이었다. 주머니에서 안대를 꺼내 쓰고 천천히 벽을 따라 걸어 보는데 손끝에 느껴지는 것들이 낯익다. 너무 나가지 않고 손을 바꿔서 되짚어가니 다시 어항이 만져지다가 사람이 만져졌다. 하성예가 그곳에 서 있다.

"네가 왜 그런 놀이를 하니? 시력에 문제 있니? 너 그래서 줄 긋고 걷는 거야?"

끝예는 문득 명창이 고맙다. 시력을 잃게 되는 것을 다른 사람이 몰랐으면 한다고 말했는데, 그걸 아무에게도 말하지 않았다는 뜻이었다.

"놀이예요. 혼자뿐이다 싶으면 한도 쌓인다기에….."

안대를 벗고 뻘쭘해서 다시 어항을 살피는데, 랍스터를 닮은 민물 가재의 등이 벌어져 보였다. 잘못 봤나 싶어 시선을 틀어서 이리 보고 저리 봐도 등이 벌어져 있었고 움직이지도 않았다.

"결국, 죽는구나…. 가재가 외로웠나 봐요."

끝예 생각에 먹이도 제때 줬고, 물도 갈아줬고, 산소 공급도 충분히 했다 싶었는데 혼자 죽어가고 있으니 불쌍했다. 가재의 죽음을 알아주지 못한 것이 미안하기도 했다. 더 자세히 살피려고 눈을 이리저리 돌리는데 눈물이 날 것 같다. 가재도 주인 닮아서 혼자 힘들어하고 있는 듯이 보여서다.

"역시 그랬구나. 네가 연구소에 들어오는 날 예사롭지 않은 녀석이 오는구나 싶었다."

"왜요?"

"너 들어오기 전날 네 엄마가 왔다 갔어."

"우리 엄만 바빠서 이런 데 못 와요."

끝예는 단호하게 말했다. 어머니는 약국 일로 바빠서 딸을 신경 쓸 겨를이 없었다. 고작 위안 삼을 자료나 찾는 정도였다.

"딸을 잘 부탁한다는 말을 하고 갔어. 이유는 모르겠지만 울면서 말이야. 그래서 무슨 사연이 있는 아이려니 했어."

끝예는 하성예가 말을 지어서 하는 것 같다. 집을 나설 때, '보지도 못할 가재를 왜 들고 가'하면서 핀잔이 자못 매서웠다. 아버지가 도망치듯 놓고 간 것이라서 어머니 곁에 두고 싶어서 그러나 싶기도 했고, 한 번도 함께 흡족하게 아파한 적도 없었다. 그렇지만 정말 왔다 갔으면 조금은 의외의 일이었다.

"갑각류는 탈피해. 투구 게는 평생 네 번 탈피하고 어른이 돼. 쟤들이 왜 탈피하는 줄 알아? 저걸 벗어야 더 커진 몸을 갖기 때문이야."

"그럼 죽는 게 아니네?"

"자고 일어나서 지켜봐. 그때는 저 등이 더 벌어져 있을 거야. 탈피를 잘못하면 쟤는 죽어. 너무 힘들어 지쳐 죽기도 하고, 어항 속의 다른 작은 물고기의 공격을 받아 죽기도 하는데, 다행히 혼자네. 자신의 안전을 도모하는 것이 동물의 본능인데, 우리도 한 치도 틀리지 않게 나만 생각하는 것 아니겠어? 나도 길러봐서 알아."

"집에 가고 싶어요."

끝예는 당장이라도 달려가고 싶다. 집에 가고 싶다는 생각은 처음이었다.

"저 때가 젤 위험해. 지쳤구나 싶을 때 도와주면 쟨 살 수 있는데 누가 이 어항에 관심을 두겠어."

"혼자 벗는 것 아녜요?"

"완벽한 혼자가 어딨어."

끝예는 새삼 가재의 사육자가 된 기분이다. 혼자 있게 된 것을 아무에게도 감사한 적이 없는데 하성예의 말에 눈물이 날 것 같다. 하나씩 포기를 이어가도 가족이 아무도 '왜'라고 묻지 않았는데, 어쩌면 가재 보듯이 하고 있었을 것 같다. 그때에야 어느 날 병원에 따라온 어머니가 보였다.

어머니는 어지간해서는 약국을 비우지 않았지만 끝예가 병원에 가는 날만큼은 약국 문을 닫고 동행하려 했다. 그럴 때마다 끝예는 혼자 가겠다고 우겼다. 유치원 입학식에서 졸업식, 초등학교 입학식과 졸업식, 물론 중학교 입학식에도 오지 않았으니 나름의 위안이 필요한 모양이라고만 생각했다. 할머니도 아버지도 원망이 되지 않은데 유독 어머니에 대해서는 약국을 더 사랑한 것처럼 보였다. 딸의 몸부림을 보면서 마지못해 병원에 따라와서도 약국 걱정만 하는, 낳은 것으로 족하지 희생은 자기 일에도 벅찬 사람이라 못 박고 말았다. 그렇지만 '완벽한 혼자는 없다'라는 말에 보이지 않았던 것이 보였다.

어머니는 어느 날인가 우겨서 병원을 따라나서더니 진찰을 마쳤는데도 진찰실에서 나오지 않았다. 그때 등 뒤로부터 분명 의외의 목소리가 들렸는데, 그 목소리가 오늘에야 들렸다.

"질질 짜지만 말고 눈을 혹사할 일은 치우고 대비를 시켜. 피아노를 치면 악보집 같은 것은 치우라고!"

의사는 어머니와 대학동문이었다.

"지가 알아서 차근차근 다 포기해. 지 혼자 뭘 하고 놀겠어."

"치료 방식과 약도 달라지고 있고, 저시력을 보조하는 기계도 개발되고 있어. 불치 난치도 시간이 필요할 뿐이야. 시력을 잃기 전에 대비시켜. 울고 짠다고 될 일이 아니야. 지금 쟤하고 같이 흔들릴 참이야? 내가 보긴 네 딸이 엄마 같다."

끝예는 오래전의 얘기가 오늘에야 들리는 이유를 알 수가 없다. 어머니도 자신 만큼이나 힘든 싸움을 하고, 자식 앞에서 흔들리는 모습을 보이지 않으려고 함께 울어주지도 않았다는 것을 왜 오늘에야 알게 되는지, 그 이유를 모르겠다.

마음속에서는 뜬금없는 사랑가 가락이 흐른다.

"굽이굽이 깊은 사랑, 시냇가 수양같이 척 처지고 늘어진 사랑, 화우동산 목단화 같이 펑퍼지고 고운 사랑, 포도 다래 같이 휘휘 친친 감긴 사랑, 연평바다 그물같이 얼키고 맺힌 사랑아. 은하직녀 직금같이 올올이 이룬 사랑…"

달팽이의 꼬리

온몸에 식은땀이 돋았다. 나는 다시 거울 앞에 섰다. 곧추서 보고 걸어도 봤지만 확실히 왼쪽 다리가 짧은 듯이 절뚝거렸다. 착시인가 싶다.

미닫이문을 열자 바로 표구점이다. 평소와 다름없는 작업 공간이다. 벽에는 팔기 위한 작품이 걸려 있고, 벽을 따라 작업대와 장의자와 배접한 작품들이 세워져 있다. 진열장 밖의 큰길에는 늘 그랬듯이 차량이 바쁘게 오간다. 그것을 지켜보는 마음이 불편하다. 다시는 직장 생활을 안 할 것처럼 사표를 내고 표구사를 시작한 것이 엊그제 같은데 다시 이력서를 쓰고 있으니 또 어디론가 밀려나는 기분이다. 그래서 일어난 착시려니 하는 생각으로 다시 거울 앞을 걸었다. 마찬가지다.

"민수 저 자식 보증금도 다 까먹고 표구점 내놨어."

엉뚱하게도 한 주 전 진석과 평주가 하던 말이 끼어든다. 둘은 토요일에도 회사에 출근해서 늦은 시간에 퇴근해도 표구점으로 왔다. 맥주 서너 캔을 마신 다음 2층 당구장으로 올라가 잠시 당구를 치다가 집으로 가는 게 유일한 친구 풀이였다. 하지만 나는 요즘 따로 놀았다. 둘은 그걸 속삭이듯이 성토하고 있었다.

"그럴 줄 알았다. 이름도 모르는 여자한테 꽂혀서 맨날 가게를 비웠는데 멀쩡하면 그게 이상하지!"

"그놈의 알레르기가 또 도진 것 같다."

나는 둘의 대화 속에 드러난 '알레르기'가 가슴 아프다. 갑작스러운 절뚝거림에서도 벗어날 겸 약속 시간보다 일찍 외출복으로 갈아입었다. 글씨가 삐뚤빼뚤해서 엉망인 영문 이력서를 워드 작업해서 낼 생각이었다.

가게를 나서자 과거 출근할 생각만 해도 속이 울렁거렸던 생각이 떠올랐다. 절뚝거림도 왠지 그런 알레르기와 비슷한 느낌이어서 불안하다.

나는 횡단보도를 건너지 못하고 가게 앞 가로수에 기대섰다. 사람들이 부채질하거나 양산으로 햇빛을 가리고 지나갔다. 날씨가 무더운가 싶다. 네 개의 회사를 작게는 두세 달을 견디지 못하고 그만둘 때도 몸이 이상했다. 매번 회사를 그만둘 때쯤에는 몸이 이상했는데, 더위까지 느껴지지 않으니 혼란스럽다. 그래도 밀린 월세를 처리하자면 취직밖에 없었고 진석의 추천을 따라야 할 처지였다.

"너는 외국인 회사라면 적성에 맞을지도 모르겠다. 사람을 수

시로 뽑는 회사를 내가 알아."

진석은 영문 이력서만 가져오라고 했다. 그렇지만 처방을 잘못 받은 기분이었다.

"나 외국인 울렁증 때문에 회사 그만뒀잖아."

"알아. 넌 더 무서운 전자파 알레르기도 앓고 있잖아? 그래도 영어 하난 내세울 만하니까. 또 알레르기 만들려면 아예 지금 그 만두고!"

나는 진석의 말을 뿌리칠 상황이 아니었다. 유일하게 인정해 줄 만한 것이 외국어 실력이라는 것이지만, 전자파 알레르기보다 더 무서운 것이 외국인 울렁증이었다. 외국인 울렁증은 만든 감정 이 아니었다. 녀석들의 불신과는 달리 그것은 어느 날 불쑥 생겼 다. 보고서를 영역하는 과정에서 외국인에게 무시당하면서 생긴 이상 증후였다.

'이름도 모르는 여자에 꽂혀서'라는 말도 언젠가 이해시켜야 할 과제였다. 그들이 잘못 알고 있는 나는 맘에 드는 여자만 보면 상대의 의사와는 상관없이 뒤쫓는 사람이었다. 대학 시절 무모한 첫사랑으로 여학생이 다니는 대학 정문을 한 달 가까이 지키고 있 었어도 실패한 뒤부터였다.

최근의 그녀는 표구점으로 찾아온 손님이었다.

그날은 한국대학 미술학과 졸업 전시회 작품 마무리 작업으로 바빴다. 진열장 밖에는 희끗희끗 눈발이 보였다. 연말이면 작은 전시회가 곳곳에서 있었고, 표구점은 그때 반짝 바빴다. 밖의 눈에 몇 번이고 손을 멈췄기 때문에 나는 일에만 시선을 묶고 있을 때였다.

"선배가 졸업 작품 표구를 여기에서 한다고 추천해줬어요. 가리개는 얼마면 할 수 있어요?"

그녀는 이미 난로 위에 손을 얹고 있었다. 작은 키에 머리를 뒤로 묶었고 두툼한 통치마에 헝겊 가방을 어깨에서 가로로 멘, 다소 창백하고 앳돼 보이는 소녀였다.

"두 폭인가요?"

그녀는 대답 대신 가져온 가리개를 폈다. 두 폭이었다. 나는 금박 작업을 계속하면서 봤다. 균형 잡힌 그림이었다.

"선배 추천으로 왔다니 단체 가격으로 해드리겠습니다. 종업원 없이 제가 직접 하니까 싸게 해드리겠습니다."

"요즘, 어디는 안 그러나요, 뭐?"

"글쎄요. 비단만 해도 차이가 납니다."

그녀는 재료에는 관심이 없다는 듯 난로 옆에 놓인 사각 보조 의자에 앉았다. 그리고 손을 난로에 닿을 만큼 가까이 댔다. 나는 금박을 넣다 말고 그녀와 마주 섰다.

그녀는 여전히 추위에 떨고 있는 것으로 봐서 멀리서 걸어온 듯했다. 표구점은 삼각지 쪽 대로변에 있어서 지하철역과도 멀지 않았다.

"가리개를 어떤 용도로 쓰실 건가요?"

"오빠 방에 장식용으로 놔서 늘 보게 할 거예요. 맨날 잃어버린 다리만 찾으니 이 가리개를 놓으면 좀 달라질까 해서요."

이상한 말이었다. 펼쳐져 있는 그림은 항아리와 매화가 잘 어우러져 있고 대체로 안정감이 있었다. 이상하다면 항아리의 그림자에 사람의 잘린 다리가 그려져 있었다.

"그림자 속에…."

나는 차마 '사람의 잘린 다리'라고 말할 수 없었다.

"오빠가 찾는 다리를 그리고 그 위에 회색을 덧칠했어요. 종일 구석만 보고 있으니 그렇게 그려놔도 알아볼 거거든요."

쉬 이해되지 않았다. 보지 않아야 할 상처를 일부러 보게 한다는 것은 상식 밖이었다.

"오빠는 멀쩡한 다리를 두고 맨날 잃은 다리를 찾아오란 사람이에요."

더더욱 이해되지 않았다. 바쁠 때라 그런 얘기에 빠져들고 싶지 않았다.

"일주일 후에 찾아가시는 조건으로 15만 원에 해드리겠습니다."

"좋아요. 돈은 여기요."

돈을 미리 받았으니 전화번호나 이름을 알아둘 필요가 없었다. 나는 다시 작업을 계속했다. 그녀는 밖의 추위와 바로 맞서고 싶지 않은지 난로 가에 그대로 앉아 탁자에 놓인 라디오를 반듯하게 놓거나 전화기를 만졌다. 그러다가 낮은 한숨을 토하기도 했다.

나는 일을 하고 있었지만, 그녀가 거의 느끼지 못하도록 훔쳐

봤다. 물론 그녀도 가끔 나를 봤지만, 그때마다 내가 그녀와는 무관하게 일하고 있는 모습에 안심한 것인지, 아예 편안하게 움직였다.

뒤의 장의자로 가서 가부좌를 틀고 앉아 탁자에 놓인 담배를 빼 물었다. 손님이 놓고 간 것이어서 그대로 놔둔 것이다. 그녀는 불도 붙이지 않는 담배를 눈을 지그시 감고 피우는 시늉을 했다. 나는 집기 대부분을 아버지로부터 넘겨받은 것을 그대로 쓰고 있었다. 장의자는 사람이 앉으면 그 무게를 이기지 못해 움푹 꺼져 들어갔다. 그런 장의자에 앉아 혼자 놀고 있으니 귀여웠다. 그런 모습도 잊고 작업에 열중해 있을 때 그녀가 밭은기침을 했다. 언제 불을 붙였는지 재떨이에 담배를 짓이겨 끄는 중이다. 나는 못 본 체했다.

"이런 독한 연기로 방안을 채우고! 언니는 매일 짐을 싸고! 오빠 다리만 찾고…!"

나는 잠시 일을 멈췄다. 시선은 벽에 걸린 산수화에 묶여 있으니 벽에 대고 한 말이었다. 결혼한 오빠 집에 얹혀사나 싶었다.

"언니, 오빤 세상을 아파하는 작가이니 그놈의 달팽이 꼬리에 처박혀 있게 내버려 둬! 제발 그렇게 인정하고 싸우지 좀 마!"

오빠가 말썽인 모양이었다.

그녀는 그날 이후 아무 때나 찾아와 머물면서 나를 혼란에 빠뜨렸다. 안타깝다면 종아리나 팔에 푸른 멍이 들어 있었다. 오빠와 싸우기도 하나 싶었다.

그녀는 대화할 때는 지극히 정상적인 사려와 분별이 있어 보이다가도 정작 혼자가 되면 달라졌다. 너무 조용해서 살피면 그녀는 누군가와 맞서 있는 듯 눈매가 매서웠다.

"오빠는 왜 소설 속 주인공한테 휘둘리는데? 밖에 나가서 친구도 만나고 계절도 느끼고 하늘을 봐. 왜 소설 상황에 빠져서 자학해?"

생각에 몰입해 있다가 불쑥 나오는 말 같았다. 그런 독백 때문에 그녀의 오빠가 대충은 이해됐다. 그녀는 그렇게 혼자 있다가 손님이 들어와 벽에 걸린 그림을 살피기라도 하면, 서슴없이 이해를 거들었다.

"이건 굳이 따진다면 진경산수화를 모방한 거예요. 우리나라 산천을 직접 답사하고 그린 것이 진경산수화인데, 정선의 만폭동도를 조금 바꿨어요. 진경은 필묵의 기교를 잊어야 비로소 그릴 수 있어요. 겉모습이 아닌 본질을 표현하기 위한 기법인데, 어떤 화가는 소나무를 만 번 그리고 진짜 소나무같이 그릴 수 있었다고 해요. 이 그림 정도면 보고 즐길 만은 해요."

그녀가 가리개를 찾아간 뒤에는 그런 모습을 볼 수 없었다. 그녀가 기다려졌다. 그녀는 한 달쯤 후에 찢어진 가리개를 들고 찾아왔다.

"오빠가 이랬습니까?"

무슨 말이라도 해야 할 것 같아서 물었다. 그녀는 추측대로라는 것인지 짧은 한숨을 토하고는 잠시 후에 되물었다.

"혹시, 달팽이 속을 걷는 상상을 해본 적 있으세요?"

엉뚱한 질문이었다. 커다란 동굴 입구에 들어서면 점점 좁아지는 길을 따라 걷다가 마지막에는 막다른 곳에 다다를 것 같았다. 하필 달팽이 속을 걷는 상상인가 싶었다.

"오빠 달팽이 속을 걷다가 꼬리에 다리가 끼고 말았어요."

나는 웃었다.

"더는 나아갈 수 없는데 뒤에서는 비키라고 난리래요. 비킬 곳이 없는데도 뒤에선 정신없이 밀고 소리치고…, 그래서 다리가 끼었어요."

"오빠의 상상입니까?"

"오빠 소설을 써요. 계속 더 나쁜 상황에 빠지는 주인공의 상황을 〈달팽이의 꼬리〉로 쓰고는 툭하면 자기 다리 좀 찾아 달라죠."

"실제 그런단 말이에요?"

"주인공이 사회 부적응자여서 계속 더 나쁜 상황에 빠져요. 그런데 그게 오빠 일이에요. 멀쩡한 다리를 두고 잘린 다리를 내놓으라고 야단이죠."

이상한 이야기였다. 그녀는 두어 달 아르바이트를 했다면서 꽤 오랜 기간이 지나서 나타나기도 했다. 그녀가 그때마다 조금씩 남긴 말로는, 그녀의 오빠는 소설 몇 편을 쓴 뒤 달팽이 꼬리에 갇혀서 아파하고 있었다.

공교롭게도 표구점도 그와 비슷했다. 건물주는 젊으니 다시 직장에 다녀서라도 밀린 월세를 갚으라고 야단이었다. 하루라도 빨리 가게를 다시 아버지에게 넘기고 제 갈 길 가라고 했지만, 아버지로부터 표구점을 넘겨받을 때 어려웠듯이 다시 넘기기는 더 어려웠다. 아버지는 표구점 하라고 공부시킨 것은 아니었다면서 발을 끊었다. 번복하고 싶지도 않았다. 표구점에 붙은 쪽방 생활로 결기를 세웠듯이 실패를 인정하고 싶지 않았다. 인정하기 싫을수록 거래처를 찾아다녀야 했지만, 자리를 비우면 그녀가 다녀갈 것 같아 그러지 못했다.

학교로 찾아가는 것은 학년도 이름도 알지 못해 영락없이 첫사랑을 기다리던 상황과 같아서 싫었다. 이러지도 저러지도 못하면서 그녀와 마지막 나눈 대화를 자주 떠올렸다.

"꿈을 꾸세요?"

그녀가 물었다.

"꾸죠."

"왜 표구점을 했어요?"

나는 비참해지고 싶지 않아서 웃었다.

"이름만 대도 알만한 대기업에 다닌 적이 있는데 전자파 알레르기가 있어서 자영업을 생각했어요. 아버지가 표구점을 했거든요. 다양한 규격의 액자를 팔고 싶었지만, 전자파 알레르기 때문에 인터넷 접수를 할 수 없었어요."

그녀는 얼굴을 살짝 찡그리고 말았다. 그건 나에게 호감을 느껴서라고 생각했다.

"나는 도태 자인 오빠를 달팽이 밖으로 끄집어내야 다른 생각을 할 수 있어요."

확실했다. 관심을 뒤로 미루고 있다는 말이었다. 하지만 '도태자'란 말이 걸렸다. 한때 친구들로부터 도태 자로 취급받았고 아직 딱지가 붙어 있었다. 친구들이 보는 도태는 온갖 핑계로 일을 회피해서 자신은 물론 여자 친구를 책임질 수 없는 사람이었다. 다행히 그녀는 오빠로 인해 내가 표구사를 선택한 상황을 이해한 것 같았다.

"저는 주인공을 아파하는 오빠가 이해됩니다."

그녀가 나를 빤히 봤다. 너무 아름다운 눈을 가지고 있었다. 도움이 돼 주고 싶었다.

"막힌 길 같을 때가 있어요. 혼자 상처투성이로 누워 있는 것 같을 때가 있어요. 그냥 간섭하지 말고 놔둬 보세요."

그녀는 아니라는 듯이 머리를 저었다.

"그래 봤죠. 혼자 못 빠져나오더라고요."

나는 천천히 머리를 끄덕였다. 사회가 아주 작게 미분화되고 있다는 기사를 읽었다. 혼자 감당해내야 한다는 말로 들렸다. 혼자가 되어 자기 기준으로 살아가야 하는데 그 과정에서 겪는 좌절 같았다.

"오빠에게 달팽이 꼬리는 절대 고독의 상징이에요. 고독의 외피이기도 하고요. 절뚝거리며 걷는 모습은 그 외피에 끼어서죠."

나는 물끄러미 그녀를 봤다. 긴 몸통 위에 둥근 나탑의 껍질을 짊어진 달팽이가 보이고, 한 젊은 소설가가 구도자처럼 나층의 꼬리에 집착하는 게 보였다. 그 집착에서 벗어나게 하려고 온갖 수단을 썼을 그녀의 아픔이 느껴졌다. 가서 오빠의 다리에 부목이라도 대주면 자신의 다리가 멀쩡하게 있다는 것을 알게 되지 않을까 싶기도 했다. 그런 생각에 빠져 있을 때, 그녀의 뺨에 눈물이 흘렀다. 나는 연민에 사로잡혀서 그녀를 껴안을 뻔했다. 많은 사람 중에 선택된 기분이었다. 그녀는 작은 새처럼 떨고 있으면서도 아무런 말을 하지 말라는 듯 머리를 좌우로 흔들었다.

"직장을 갖는 보통의 삶을 살았으면 좋겠어요. 직장을 갖는 게 특별한 세상이 됐지만…, 직장을 갖는 건…."

그녀는 무슨 생각을 했는지 말을 맺지 못하고 문밖으로 뛰어나갔다. 나는 그녀가 뛰쳐나가는 것을 보다가 멀뚱히 서서 생각했다. '직장을 갖는 것은, 행운일 수도 있고 달팽이의 꼬리에 끼어서 다리가 잘릴 수도 있지'란 생각이 들었다. 직장은 일정한 프로세스가 있었다. 앞서가는 사람과 뒤따라가는 사람의 경쟁이 있었다.

그녀는 '직장'을 말한 이후 발길을 끊었다. 나는 그녀의 집이 연희동이란 사실만 알아서 그녀가 찾아가지 않은 가리개를 들고 서너 시간 막연하게 연희동 근처를 맴돌다가 돌아오곤 했다. 일감을 확보하지 못했고, 날씨가 더워서 표구사 문을 닫지 않은 채 표구사 장의자에 앉아서 잠이 들기도 했다. 일감 확보를 위해서 거래처를 찾아다니는 것은 그녀를 기다리는 일에 비교하면 하찮은 일이 되고 말았다.

오후 1시였다. 구로디지털단지에서 근무하는 평주를 찾아갈 생각을 하고 나왔지만, 건너편 버스 정류장을 삼십 분 가까이 보고만 있었다. 이력서를 준비하는 과정에서야 나는 아둥거릴 곳을 다시 찾아 나서는 기분이었다.

나는 결정을 내리지 못하고 표구점 앞의 가로수에 기대서서 지나가는 버스나 행인을 봤다. 도로는 열기로 아른거리는데도 나는 더위를 느끼지 않았다.

시간이 꽤 흘러서야 평주네 회사로 가는 버스를 탔다. 다른 방법이 없었다.

"수고하십니다. 기획실 김평주 대리를 만나러 왔는데요."

경비는 더위 때문인 듯 문을 반만 열었다. 평주와 전화를 한 뒤에야 경비실 안쪽에 붙은 면회실에서 기다리면 된다고 했다.

평주는 거의 20분이 지나서야 얼굴을 내밀었다. 나는 면회실 안의 에어컨 공기가 싫어서 밖에서 기다렸다. 평주가 건물 입구를 나서는 것을 보고 손을 번쩍 들어 보였다. 녀석은 대리로 승진한 탓인지 전보다 의젓해 보였다. 거의 두 주 남짓한 기간에 보면서도 덤덤하게 걸어왔다. 못 봤나 싶어서 다시 손을 흔들어 보였다. 평주는 여전히 낯선 표정으로 걸어왔다.

"댁이 절 찾아오셨습니까?"

평주는 나의 위아래를 훑어봤다. 다리가 절뚝거리는 것을 봐서 그런가 싶었다.

"나를 몰라보겠어?"

나는 모든 것이 엉망이라는 생각에 두 팔을 조금 벌려 어깨를
으쓱해 보였다.

"내가 좀 변한 것 같기는 해. 오면서 생각하니 어떤 여자의 오
빠 얘기 때문인 것도 같고, 어쨌든 조금 이상해. 진석이 영문 이력
서를 써 놓으랬는데, 난 집에 컴퓨터가 없잖아. 너도 볼 겸 왔다."

"놀고 있네! 안마 손으로 쓰면 어때서? 어쨌든 잘 왔다."

평주는 그때야 손을 내밀었다.

"야, 나는 내 얼굴도 다리처럼 변했나 했다."

"다리?"

나는 평주 앞을 걸었다.

"뭐 이상한 것 없어?"

평주가 눈살을 찌푸렸다.

"너 전부터 독특했잖아? 요즘은 그러고 노냐?"

"놀릴 일이 아니야. 멀쩡한 다리를 두고 맨날 잘려 나간 다리를
찾는 사람 얘기를 들었는데, 오늘 보니 내가 이상해. 별생각을 다
해봤어. 다시 이력서를 쓰니 그러나 하는 생각도 했고…."

"이상하네! 최근에 나도 비슷한 얘기를 들었는데…, 회사 다닐
생각을 하니 또 알레르기가 도지나 보다. 내가 보기에는 멀쩡해!"

나는 긴 한숨을 토했다. 다행이다 싶으면서도 여전히 자신이
없었다.

"마지막으로 도전해 보려고."

"마지막? 회사는 연봉 많고 폼나야 하고 일은 적어야 하잖아."

"옛날얘기야. 나 자신에 울분을 느낀다."

"그럼 됐다. 이왕 왔으니 저녁이나 같이 먹자. 퇴근 무렵까지 주변을 돌던지 면회실에 비치된 책을 보든지 알아서 해."

평주는 그 말을 하고는 영문 이력서 초안을 들고 사무실로 되돌아갔다.

나는 면회실 안을 배회했다. 혼자가 되자 사전을 찾아가면서 영문 이력서를 작성할 때로 되돌아갔다. 새롭게 입사하는 일도 아버지를 설득하는 일도 모두 자신 없었다. 꼭 달팽이의 꼬리에 끼어서 옴짝달싹도 못 하는 상황 같았다. 그런 답답함에 빠져 있을 때 면회실에 놓인 전화기의 벨이 울렸다. 전화기 벨이 계속 울려서 어쩔 수 없을 때 받았다.

"얀마, 전화도 빨리 못 받냐? 워드 작업하려면 가까운 복사집 가면 되는데, 그런 일로 친구 회사를 찾아?"

진석의 목소리였다. 평주네 회사의 면회실로 전화한 것을 보면 둘이 통화를 끝내고 돌린 것 같았다.

"친구한테 그 정도 부탁도 못 하냐?"

"어떻게 너는 늘 너만 생각하냐. 너 같은 놈은 어디 처박혀서 정신 교육 좀 받아야 해. 난 오늘 바빠서 저녁 같이 못 해."

"누가 같이 하쟀어?"

진석의 전화를 끊고 면회실 안을 배회하는데 집에서보다도 더 다리가 절뚝거렸다. 확실히 더 절뚝거렸다.

시간이 지날수록 답답한 느낌이면서 첫 번째 회사의 팀장으로

부터 업무를 지시받던 때가 떠올랐다.

"회의는 간단히 하겠습니다. 신입? 오전 중으로 내가 준 자료 입력 마쳐. 한 대리는 고객 민원을 유형별로 분석하고. 이 과장은 기존 자료에 둘의 자료를 묶어서 보고서 만들어. 신입은 그 보고서 내일까지 영문 프레젠테이션 만들고. 끝!"

뭐가 그리 바빴는지, 팀장은 지시 사항을 말하는데도 숨이 넘어갈 지경이었다. 팀장이 말하는 신입은 나였다. 나는 점심도 거르면서 팀장으로부터 받은 자료 입력을 마쳐 과장에게 넘기고 영문 번역 준비에 들어갔다. 일은 여러 개의 톱니바퀴가 한 치의 오차도 없이 맞물려 돌아가는 것과 같았다. 점심을 거르는 것은 만성 소화불량 때문이기도 했다. 나는 번역 준비를 하면서도 걱정이 앞섰다. 영문 프레젠테이션은 마지막에는 늘 외국인의 도움을 받아야 했다. 내 잘난 영어 실력은 외국인 앞에서 무참히 짓뭉개졌다. 그런 다음 날은 컴퓨터 자판과 외국인만 봐도 머리가 지끈거리고 숨이 가빴다. 그것이 전자파 알레르기와 외국인 울렁증의 시초였다. 잠시 쉬면 괜찮을까 하고 휴가계를 냈는데 팀장은 냉담했다.

"휴가? 혹 시위하는 거야? 내가 신입이 감당 못 할 일이라도 시켰어?"

팀장은 내가 연차 휴가는 물론 휴일도 쉬지 못한 것을 알면서도 내 휴가계에 눈을 부라렸다. 팀장 자신도 얼굴이 상기되어서 뛰고 있으니 마땅한 변명이라도 늘어놔야 했다.

"제가 만성 소화불량에 전자파 알레르기가 생겨서…."

"여기에 그 정도 아닌 사람이 어딨어? 휴가는 그렇고 요령껏 쉬어."

내 짜증을 들은 대부분 친구는 팀장의 처지를 이해하는 쪽이었다. 나는 회사를 그만두고 말았다. 한 달쯤 쉬고 다시 들어간 회사도 다국적기업을 표방하고 있어서 근무 환경은 비슷했다. 친구들은 전자파 알레르기와 외국인 울렁증 때문에 네 번째 회사를 그만두고 아버지가 운영하던 표구사를 넘겨받는 과정을 안타깝게 지켜봤다. 아버지는 나의 하소연에 마지못해 넘기고는 얼마나 마뜩잖았는지 한 번도 들린 적이 없었다. 친구 중 평주와 진석은 내가 틈틈이 아버지 일을 도우면서 배운 것으로 표구사를 운영하니 조금 신기해하면서 표구점을 들락거렸다.

나는 퇴근해서 면회실 문을 열고 들어서는 평주를 보자마자 진석의 전화를 얘기했다.

"진석이 녀석, 같이 저녁 못 한다고 전화했더라."

"알아. 너 곧 미아 될지도 모르는데 같이 식사하지 못해 미안하다 하더라."

"난 부적응자는 몰라도 미아는 싫어. 사회가 얼마나 빨리 변하고 있어. 미아면 너희들 못 만나는 것 아냐."

표구점을 시작하고 얼마 지나지 않았을 때였다. 진석과 평주의 말은 갈수록 알아들을 수 없었다. 변화의 속도를 그들의 말에서 느낄 수 있었다.

"말만! 내가 보긴 넌 1급 장애자야."

"난 그걸 오늘 알았어."

"너 간 만에 재밌다? 이젠 변화의 속도에 못 맞추면 낙오자가 아니고 도둑이야."

"도둑까진 아니다!"

"지금은 아닐 수 있지. 남의 것을 훔쳐 써야 할 전 단계니까! 넌 전자파 알레르기로 컴퓨터도 핸드폰도 멀리하면서 뭘 하겠다는 거야? 흔한 치킨집을 해도 주문이 컴퓨터로 들어오는 세상이다. 풀칠만 잘하면 된다더니 결국 아니잖아?"

평주가 면회실 문을 열었다. 밖으로 나가서 평주가 근무하는 건물의 입구를 보자 거대한 동굴 입구처럼 보였다. 퇴근하는 사람들이 쏟아져 나오고 있었다. 아침에 먹어 치운 먹이를 토해내는 것 같았다. 복장으로 봐서 생산직과 사무직이 뒤섞여서 나왔다.

멍해서 보고 있을 때, 평주가 어깨를 툭 치면서 눈짓했다.

"나 대신 너 영문 이력서 작성해 준 여직원이다."

평주의 시선이 멈춘 범위 안에는 많은 사람이 움직였다. 곧 한 여자가 눈에 띄었다. 그녀였다. 몰라볼 만큼 세련되고 단정해 보였다. 나는 그동안 너무나 애타게 찾았던 사람이고, 너무 엉뚱한 곳에서의 조우라, 그녀가 정문 왼쪽으로 꺾어 돌고 있는데도 멍해서 보고 있었다.

"저 여자 이름이 뭐니?"

나는 시야를 벗어나면 확인할 방법이 없다는 생각에 물었다.

이름을 알면 불러 세우고 싶었다. 평주는 놀란 표정으로 눈살을 찌푸렸다.

"마, 웬 놈이 한 번 보고 눈빛이 달라지냐?"

내가 그녀가 걷는 쪽으로 움직이자 평주가 다급하게 앞을 가로막았다.

"왜 이래? 너 참 희한한 놈이다. 나를 꼭 실망시켜야 하겠어?"

나는 점점 멀어지는 그녀의 뒷모습을 살폈다. 다른 사람은 무리 지어 걷는데 그녀는 혼자 걸었다. 걸으면서 가끔 뒤로 묶은 머리를 매만졌다. 마치 뒤의 눈길을 느끼는 것 같았다.

나는 평주에게 그녀가 그토록 찾고 있던 여자라고 말하고 싶지 않았다. 보란 듯이 놀라게 해주고 싶었다. 그녀가 멀리 네거리 쪽으로 걸어가면서 다른 사람에 가려서 가물거렸다. 평주는 그동안에도 나를 안타까운 듯이 가로막고 있었다.

"야, 내가 여직원에 대해 말해 줄까? 그 얘기를 듣고도 사귀고 싶다면 내가 나서 볼게. 일단 식당으로 가자."

평주가 팔을 끌었다. 평주는 내가 거의 알고 있는 얘기만 했다. 그럴 수밖에 없었다.

"문제는 그녀의 오빠야. 오빠는 이상하게 〈달팽이의 꼬리〉를 쓰고는 소설의 주인공처럼 되고 말아. 매일 달팽이의 꼬리에 긴 다리를 빼내려고 애쓰는 주인공과 같은 증세를 보여. 불과 1년 사이에 딴사람이 되고 말아. 도망간 언니를 대신해서 뒷바라지하다가 자신을 추스를 겸 인턴을 신청한 거야. 그런 사람에게 연애 감정을 들이대서 어쩌겠다는 거야?"

나는 그녀를 알면서도 말하지 않는 것이 조금은 미안했다. 가만히 있자 평주는 공감의 표시로 알고 말을 조금 느긋하게 했다.

"오빠를 소설 감정에서 끌어내기 위해서 치료센터로 보냈어. 자기소개서 대신 오빠 간병 얘기를 써서 인턴이 된 사람이야. 달팽이의 꼬리는 딱 너 같은 낙오자 얘기더라."

평주는 그녀가 요약한 '달팽이의 꼬리' 줄거리를 읽었다는 핑계로 그녀의 오빠여야 할 사람을 나인 것처럼 말했다.

나는 평주의 얘기를 듣는 동안 꽤 오래전부터 달팽이 꼬리 얘기 때문에 다리가 잘려 나간 상황을 자주 떠올렸다는 것을 알았다. 그녀가 "직장을 갖는 것은"이라고 했을 때는 경쟁에서 잘 빠져나온 기분이었지만, 이력서를 쓰면서는 그 반대의 상황이 되면서 다리가 낀 기분이기는 했다. 나는 다리를 절뚝거린 이유를 찾은 기분이었다. 달팽이는 나와 무관한데도 내가 그 함정에 빠져든 것 같았다. 달팽이의 꼬리야말로 실체가 불분명했다. 나는 TV나 컴퓨터, 휴대폰을 가까이할 수 없는 과정을 거친 사람이어서 달팽이라는 허상에 사로잡힌 그녀의 오빠를 건져내 줄 방법을 이미 찾은 기분이었다.

"이유는 다음에 말할게. 약도 좀 부탁해."

내 말에 술기운이 번져 있는 평주의 얼굴이 험악하게 변했다.

"기어이 찾아가겠다는 거야?"

"돌려줄 게 있어. 실은 그 오빠에게 해줄 말도 있고."

"얀마, 너 내 말 이해하고 덤비는 거야?"

"미안하다. 네가 약도 안 줘도 회사 앞에서 기다리면 그만이야. 꼭 그래야 하겠어?"

평주는 고개를 저었다. 약도를 주기 정말 싫은지 눈을 지그시 감았다가 떴다. 다행히 집을 아는 것 같았다.

"네가 이 정도인 줄은 몰랐다. 약도는 주겠는데, 이름과 전화번호는 개인 정보니까 네가 알아서 해. 넌 정말 반성해야 해!"

평주는 화가 잔뜩 난 표정으로 약도를 그렸다. 약도로 봐서 부평 어디의 단독주택이었다. 연희동에서 부평으로 이사한 모양이었다.

"미안해. 내일 낮에 가서 가리개만 놓고 올 거야."

평주는 거들떠보지도 않았다. 약도를 넘기고 도저히 같이 있을 기분이 아닌 듯 일어서고 말았다.

나는 거의 뜬눈으로 밤을 지새우고 다음 날 표구점을 나섰다. 그토록 찾았던 그녀의 집이었다. 가리개는 눈에 띄는 현관 입구 같은 곳에 놓고 나올 생각이었다. 가리개를 보면 누가 다녀갔는지 알 일이었고, 그다음 일은 그녀의 선택에 달려 있었다.

부평역에서 청천동까지는 멀지 않았다. 약도의 골목에 들어서자 긴장과 기대가 뒤섞인 탓인지 어제와 달리 전신에서 땀이 비오듯 했다. 약도의 집은 침묵에 싸여 괴괴했다. 그래도 초인종을 눌렀다. 예상대로 빈집이었다. 낮은 담을 넘어 대문을 열고 가리개를 가져다 놓으면 끝이었다. 막 담을 올라탔을 때였다.

"꼼짝 마!"

테이저건을 든 두 명의 경찰이 긴장된 태도로 걸어왔다. 그 뒤에 오십 대의 여자가 두려운 시선으로 떨고 있었다.

"거 봐요. 제 장조카는 허튼소리 안 한다니까요!"

나는 직감적으로 평주가 엉뚱한 주소를 줬다는 것을 알았다. 그것도 모르고 출발하면서 너무 걱정하지 말라는 전화까지 하고 왔으니 미리 대비시킨 꼴이었다.

"현행범으로 체포합니다."

경찰은 빠르게 미란다 원칙을 말했다.

"그게 아니고, 그게 아닙니다!"

경찰의 손에서 팽그르르 돌고 있는 수갑이 투망처럼 나를 향했다. 그 원은 작은 것을 중심으로 차츰 커졌고, 나는 강한 흡인력에 이끌리듯이 원 안으로 빨려 들어갔다. 그곳은 무중력의 허공 같았다. 나는 몸부림을 쳤지만 큰 원을 지나 차츰 좁아지는 동굴 깊숙이로 빨려들었다. 이윽고 내 두 손은 나와 무관해 보이던 달팽이의 꼬리에 끼어서 꼼짝할 수 없었다.

커튼의 반란

그린빌라는 국사봉을 오르는 보라매동의 골목 끝에 있다. 5층이면서 계단 좌우로 두 가구가 마주 보고 있고, 집 뒤에는 바로 산이다. 앞은 멀리 신림동 사거리가 내려다보였다. 현관문을 열고 들어가 뒤를 보면 호젓한 산속에 있는 듯한 집이다.

그런 전망을 탐해서 들어온 사람들이라 대체로 조용했다. 아무도 옆집에 누가 사는지에 관심이 없었다. 같은 층의 옆집 여자가 여행사 가이드라는 것을 안 것은 6개월 전이고, 그것이 탈이었다. 경찰은 옆집에 무단 침입한 경위를 집요하게 캐물었다.

"주거 무단 침입은 3년 이하의 징역 또는 500만 원 이하의 벌금인 것을 아나?"

내년이 정년이라고 말한 경찰은 나를 자식 대하듯 했다. 정년을 앞둔 마당에 너무 빡빡하게 굴 생각이 없다면서 은근히 겁을 췄다. 첫날은 경찰서로 부르더니 바쁘다는 말에 어제는 커튼 가게로 찾아와서 이것저것 물었고, 오늘은 휴일인데도 집으로 찾아왔다.

"다행히 내 집도 이 부근이야. 참고인 조사도 할 겸 찾아온 거니까 협조를 부탁하네."

"누가 보면 내가 무슨 큰 죄라도 저지른 줄 알겠어요."

"큰 죄 맞아. 여자 혼자 사는 집에 상습적으로 몰래 들어가고, 어슬렁거리다가 남의 앨범까지 뒤적이고…. 그게 가벼워?"

얼굴이 유난히 사각형인 경찰은 말만 조금 느슨하게 할 뿐 꽤 깐깐했다.

"죄송합니다. 단순한 흥미였습니다. 물건을 훔치진 않았잖습니까?"

"사건의 시발은 다 그래. 단순하지. 무슨 상상을 주로 했어?"

경찰은 표정 없이 물었다. 나는 경찰의 시선을 피했다. 마치 불순한 의도를 숨기고 있는 것처럼 가슴이 두근거렸다.

"202호가 암막 커튼을 요청했습니다. 며칠 집을 비운다면서 비밀번호와 보조키를 줬고 작업이 끝나면서 키도 반납했는데, 어느 날 전화로 컴퓨터 화면을 열고 자료를 이메일로 보내 달라 부탁했습니다. 그때 비상키의 위치를 알았고 자료를 보내줬습니다. 집이 열흘 정도 비는 것을 알았기 때문에 빈집이 아니라는 뜻으로 들어가 불을 켜 뒀다가 *끄곤* 했습니다."

"통화는 자주 했고?"

"아닙니다. 그때 한 번입니다."

"자료의 내용은 뭐였나?"

"여행 일정표에 맞춘 가이드 자료였습니다."

"그렇게 돕는 것으로 시작했으니 그 짓도 자연스럽게 했겠군."

경찰은 첫날도 '그 짓'이라 말했다. 그때는 불법 침입으로 경찰에 불려온 사실만으로도 당황해서 '그 짓'이란 말에 토를 달 겨를이 없었다. 어림하건대 경찰의 '그 짓'은 포옹과 키스와 섹스의 모든 것을 담고 있었다. 짧은 연애 경험밖에 없는 내가 몇 번의 불법 침입으로 그것을 다하기에는 6개월은 너무 짧았다. 대화를 나눌 겨를이 없었으니 손을 잡아 볼 기회조차 주어지지 않았다. 경찰은 유도 신문을 통해 불법 침입의 동기를 찾고 있는 것 같았다.

"잘 아실 것 아네요. 우리 세대는 마음을 열지 않으면 불가능하다는 것."

나는 불필요한 상상이 없도록 확실히 해 두는 차원에서 못을 박았다.

"혹, 알아? 술 한잔하자 해 놓고 이상한 짓을 했을지."

"취미가 참 고약하시네! 구체적으로 그 짓이 뭡니까? 섹습니까?"

경찰은 여전히 무표정했다. 심심해서 이상한 질문을 하는 것 같지는 않았고 느낌이 좋지 않았다.

옆집이 비는 것은 그녀가 말해줘서 안 것도 아니었다. 옆집 문이 열린 소리가 들리고 며칠이 지나면 밖에서 어김없이 클랙슨 소리가 들렸다. 그러면 이내 문이 열리고 여행 가방을 들고 계단을 내려가는 소리가 들렸다. 어느 날인가는 클랙슨 소리에 호기심이 일어 튀어 나갔더니 콜택시가 차를 되돌리고 있었다.

그런 일은 일정한 주기로 반복됐다. 대충의 짐작으로도 옆집이 빈 시기를 가늠할 수 있었다. 거의 열흘 넘게 집을 비웠다. 그 후 부탁받은 적이 없는데도 옆집이 신경 쓰였다. 당연히 보조키를 다른 곳에 숨겼을 것으로 생각하면서도 수도 계량기함 안을 살폈다. 보조키가 그대로 있었다. 그만큼 믿는다는 뜻으로도 받아들여졌다. 경찰이 말한 '그 짓'과는 거리가 멀었다.

오히려 경찰이 조사하면서 성 충동을 즐기려는 것 같았다. 그 나이에도 성 충동은 있을 법했다. 정년 6개월 전에 공로연수에 들어간다고 알고 있어서 그런 재미를 곁들여서 찾아온 것 같은 생각마저 들었다.

"아주 교묘하고 지능적인 답변이군. 그런 식이면 나하고 오래 지내는 거야."

경찰은 나를 마땅찮게 봤다. 신고자가 경찰이 집까지 찾아온 것을 알면 즐거워할 것 같았다.

"실례지만, 신고자가 같은 빌라에 사는 사람입니까? 저를 몰래 살피고 있다면 그건 죄가 안 됩니까? 그 사람이 더 문젠 것 같습니다."

경찰의 눈이 반짝거렸다.

"초범이고 같은 동민이어서 불기소 의견에 맞추려고 하는데, 남 탓으로 돌리려 하는군! 쉬는 날 내가 찾아온 건 생계를 방해하지 않겠다는 뜻도 있어. 경찰서로 오가고 싶은 건가?"

나는 불편한 표정을 풀었다. 그가 불기소 처분 의견을 낼 생각이라면 도와야 한다는 생각도 들었다.

그의 표정은 확실히 첫날 경찰서에서와는 사뭇 달랐다. 딱딱한 어조로 불법 주거 침입 사실을 물었을 때, 가슴은 균형을 잃고 쓰러지는 돌담처럼 와르르 무너졌다. 산 쪽에서 찍은 사진과 동영상을 보자 부끄러움을 주체할 수 없었다. 증거물로 내민 주거 침입 사진은 밤에 두 번 낮에 한 번이었다. 모두 숲 쪽에서 찍은 사진이었다.

그는 사무적으로 나의 신원과 직업을 확인했고, 집요하게 불법 침입 사유를 물었다. 첫날은 정말 막연했다. 경찰은, "빈집을 살펴주려고 들어갔다"라는 말에 눈을 부라렸다. "무턱대고 변명하려 들지 말고 동기를 살피면서 대답해"라고 했다. '동기'라는 말이 헷갈렸다. 딴생각이 있었던 것도 같았다. 첫날은 창문이 잘 잠겨 있는지를 확인했지만, 두 번째 날은 집 안에 빈 술병이 있는지를 살폈다. 어쩌면 술로 혼자의 생활을 즐길 것 같은 호기심이 있었다. 호기심은 책꽂이에 꽂힌 앨범을 보고 싶기도 했다. 기어이 몇 장을 넘기면서 봤기 때문에 말이 조금 엇나갔다.

"열흘에서 십오일 가까이 집이 비니까, 호기심이 일었습니다."

"어떤 호기심?"

질문을 받고 보니 더 이상했다. 더 이상의 호기심은 없었는데 내가 알 수 없는 어떤 일이 있는 것 같기도 했다. 그렇지만 말로 표현할 수 없으니 가만히 있었다.

"좋아, 옆집 여자가 집에 온 것은 어떻게 알지?"

"밤이면 숲에 불빛이 비칩니다."

"그럼 초인종이라도 눌러 인사를 나누나?"

"왔나보다 하고 맙니다."

"결국, 그 짓은 미수에 그쳤단 말이지?"

나는 망연해서 경찰을 봤다. 경찰도 시선을 맞받았다. 엉뚱한 말을 던져놓고 살피고 있다. '미수'라면 목적을 이루지 못했어도 시도는 한 상태를 말하는 것 아닌가.

"202호에서 제가 미안해야 할 만한 짓을 했다면, 책꽂이 사이에서 앨범을 꺼내 본 것이 전부입니다."

경찰은 붓방아만 찧다가 컴퓨터에 뭔가를 쳐넣었다. 경찰이 대화 내용을 입력하는 동안 나는 하릴없이 마주 앉아 있어야 했다. 조사실 안으로 잡혀 온 취객의 난동 때문에 풀려날 수 있었다. 경찰도 취객의 소란이 거슬리는 것 같았다.

"오늘은 됐어. 내일 두 시에 다시 나와."

"저는 불법을 저지르지 않았습니다. 충분히 말씀드렸으니 다시는 불러도 오지 않을 겁니다."

"적반하장이라더니! 알았어. 당분간 집과 가게만 오가."

"저는 커튼을 해서 먹고 삽니다. 꽤 멀리 갔다 와야 할 때도 있습니다."

경찰은 의외로 난감해했다.

"소환 조사가 어려울 때는 내가 나갈 수도 있어. 정년 1년 전이라 봐주는 줄 알아."

따지고 보면 오늘같이 쉬는 날 찾아온 것이 나쁜 것만은 아니었다. 아파트 커튼을 마치면 신축 빌라 모델하우스에 커튼을 달아주게 돼 있었다. 오늘로 조사를 마치게 해준다면 같은 동네에 사는 덕을 보는 셈이었다.

그렇지만 경찰서와 달리 조사가 언제 끝날지 알 수 없었고, 조금 엉뚱한 질문을 섞는 것이 마음에 걸렸다. '불기소 의견'을 낼 생각이라는 말도 조사를 편하게 유도하는 말에 불과할 수 있다는 생각까지 들었다.

"커튼은 어떻게 하게 됐어? 보아하니 아직 미혼 같은데….."

"그건 사건과 관련이 없잖습니까?"

"당신은 상습적 불법 침입자야. 상황을 이용해서 옆집을 자신의 집처럼 들락거렸어. 단순한 호기심에 앨범이나 보고 나왔다. 그게 답이 된다고 생각해?"

나는 할 말이 없었다. 혼자 사는 여자의 처지에서 보면, 믿고 지낸 옆집의 남자가 자신이 집을 비우는 사이에 방안을 살피고 앨범까지 뒤적거렸다면 그 배신감은 진저리를 칠 일 같았다. 뒤늦게 찾아오는 후회였지만, 그렇다고 다니던 회사를 그만두고 커튼을 시작하게 된 동기를 말해야 한다니, 잊고 지내던 까마득한 옛날을 끌어오는 기분이었다. 생각하고 싶지 않았다.

"오늘은 좀 쉬고 싶습니다. 아파트 커튼을 기간 내에 맞추느라 거의 잠을 못 잤습니다."

"그건 내가 어제 조사에서 확인했으니 인정해주지. 내일 10시 국사봉 정상에서 만나는 것은 어때?"

"신축 빌라 커튼을 해야 해서 가게에서 만났으면 합니다."

"배짱이군. 조사가 길어지면 불편을 겪어야 한다는 걸 알아야 해. 경찰서로 부르지 않는 건 정년을 앞두고 좁은 공간을 벗어나고 싶어서야. 나도 귀찮은 일이라는 걸 명심해. 혹, 커튼을 달러 나가면 이 전화로 연락해."

나는 경찰이 간 뒤에도 쉬 잠들지 못했다. 무엇보다도 옆집이 알게 됐을 때의 배신감이 신경 쓰였다. 옆집은 컴퓨터에서 여행 가이드 자료를 찾아 메일로 보내준 이후 감사의 표시로 현관문 우유 투입구로 초콜릿과 작은 사탕 통을 넣어주고는 했다. 초콜릿도 사탕도 즐기는 편이 아니어서 가게에 놓아두고 손님들이 먹게 했지만, 그걸 보고 처음으로 이웃의 정을 느꼈다. 지금까지 이웃은 지나치면서 인사를 하면서 지내는 사이 정도였다.

나는 집에 들어오면 씻고 잠자기에 바빴으면서 왜 옆집에 숨어 들어 서성거렸는지 후회가 앞섰다. 따지고 보면 경찰이 끼어들기 전까지는 아무런 죄의식이 없었던 것이 문제였다.

사진은 대부분 유명 관광지를 배경으로 찍은 것들이었다. 여행 마니아가 아니었나 싶게 유명 관광지들 사진이 많았다. 앨범만으로는 여행이 즐거워서 가이드가 된 것처럼 보였다. 그 외에도 잠시 본모습과는 달리 사진에서 본 옆집 얼굴은 첫사랑이었던 강은

영과 많이 닮아 보였다. 헤어졌기 때문에 늘 그리움이 남아 있는 존재였다. 나는 문득 은영의 사촌일지도 모른다는 생각에 서둘러 1층 편지함으로 갔다.

각종 고지서와 안내서는 한결같이 수신인이 '한다음'으로 돼 있었다. 대한민국의 포털사이트 '다음'이 그녀의 이름이었다. 강은영과는 성이 달랐다.

내가 편지함을 뒤지는 동안 낯선 사내가 휘적휘적 계단을 오르면서 기분 나쁘게 돌아보는 것을 느꼈다. 낯선 얼굴이다. '쟤도 이 빌라에 사나'하는 생각이 들었다. 지하층도 반은 주차장이고 반은 사람이 살고 있으니 5층까지 총 11가구가 살지만 5층 아줌마만 얼굴을 알 뿐이다. 빌라 관리를 위해서 월세 외에 한 달에 1만 원의 관리비를 송금하고 있는데, 깜빡하고 관리비 입금이 늦어지면 5층 아줌마가 저녁 늦게 문을 두드렸다. 아줌마 말고는 모두 낯선 얼굴이었다. 계단에서 만나면 무심히 지나칠 뿐이었다.

집은 전세 9천만 원에 월세 40만 원이었다. 9천만 원은 태어나서 처음 회사 생활한 3년의 모든 것이었고, 월세는 커튼을 해서 내는 돈이었다.

다행히 모든 것은 예상대로 돌아갔다. 처음의 어려움은 해소됐고 여전히 어려웠지만 이제 월세를 낼 정도는 됐다. 가게 융자비를 빼면 생활이 되는 정도였다.

다행히 커튼은 적성에 맞았다. 미술을 전공한 것은 아니지만 그림 그리기를 좋아했고, 인테리어와 연결돼 있어서 확장성도 있었다.

시작은 예상한 대로 커튼 일보다는 도배 일이 더 많았다. 도배를 도우면서 커튼 명함을 주면 거기에서 일이 조금씩 생겼다. 지나서 생각하면 처음엔 정말 암담했다. 가겟세는 각오한 일이었지만, 집 월세까지 걱정해야 할 때는 주변 시장의 모든 벽지 집을 찾아다녔다. 다행히 도배 보조를 하는 동안 '총각네 커튼'이 흥미를 끌었는지 사람들이 조금씩 가게를 찾았다. 아직도 수입이 일정하지 않지만, 서서히 자리를 잡아가는 것이 느껴지고 재미가 있었다.

문제는 엉뚱하게 이번 일이 터졌다. 곰곰이 생각해도 어리석은 짓이었다. 시간이 지날수록 특별한 감정이 잠재해 있는 것처럼 느껴지는 이유도 알 수 없었다. 경찰은 치밀하게 그 점을 캐고 있었다. 사건 하나를 멋지게 처리하고 싶은 욕심에 잠재된 동기를 캐고 있다면 그건 바짝 긴장해야 했다. 휴일에 조사 나온 것을 보면 '불기소'가 아닌 '더 큰 욕심'을 숨기고 있을 수 있었다. 그렇다면 시골의 집까지 찾아갈 수도 있었다.

시골의 부모는 아직 내가 회사를 열심히 다니고 있는 것으로 알고 있었다. 직장을 그만두고 커튼 가게를 하고 있으리라고는 꿈에서도 생각하지 못한 일일 텐데 경찰이 찾아가서 알려주는 꼴이 될 수도 있었다. 경찰의 조사가 확대되면 그런 모든 것이 들통날 수 있고, 나쁜 소문으로 커튼 일을 접어야 할지도 몰랐다. 포기의 범위는 결혼과 직장으로 끝나야 했다. 그 외에는 뭐든 하자고 했으니 커튼 일을 계속하기 위해서라도 경찰의 요구에 협조할 필요를 느꼈다. 경찰이 준 명함으로 전화했다.

"내일 10시에 국사봉으로 나가겠습니다."

"반가운 얘기군. 실은 나는 등산을 무지 싫어해. 한 번으로 끝내자고."

"이상한 질문만 안 하시면 뭐…. 옆집이 오기 전에 이 일을 끝내고 싶습니다."

"협조가 우선이지."

전화 목소리만으로도 융통성이 없었다.

나는 경찰 때문에 휴일을 온통 망친 기분이었다. 온갖 잡다한 생각에 떠다니다가 잠에서 깨니 시간이 빠듯했다. 가게에 '커튼 설치 나갑니다'라는 안내문을 걸고, 10시까지 국사봉에 오르기 위해서는 서둘러야 했다.

국사봉 정상에서 내려다본 도심은 희뿌연 황사에 싸여 있었다. 황사와 매연을 구분할 수가 없었다. 도심에 들어찬 안개 같은 황사는 관악산 자락을 따라 확연히 다른 두께로 덮여 있어서 도심은 머잖아 질식하고 말 것처럼 보였다. 그래도 산 아래에서는 여전히 골목을 누비는 잡상인들의 다양한 호객 소리와 자동차의 소음, 숨 넘어갈 듯이 내뱉는 오토바이의 엔진음이 들려왔다.

"조금만 올라와도 다르지? 여긴 아무래도 저 밑보다는 미세먼지 농도가 낮겠지!"

경찰복 차림으로 나온 경찰은 국사봉 정상에 접이식 파라솔을 설치해 놓고 앉아 있었다. 마치 경찰 복장을 벗어버리면 자신의 권위를 지킬 수 없어서 그런 것 같았고, 접이식 파라솔을 국사봉 정상까지 가지고 온 것을 보면 대충 넘길 계산이 아닌 것 같았다.

이미 한낮이라 정상에는 사람이 많지 않았다. 파라솔 의자에 앉아 한강을 타고 넘어온 바람을 느끼는 기분이 묘했다.

"어때, 저쪽은 보라매공원이고, 이쪽은 상도터널이야. 시작 지점은 같은데 어느 쪽으로 내려가느냐에 따라 동 이름이 달라. 범죄 조사의 시작과 끝도 그래. 협조 여부에 따라 달라지지."

예상한 대로였다. 경찰은 호락호락하지 않았다.

"불법 침입의 진짜 동기를 오늘은 말할 수 있을까?"

나는 흐린 하늘을 뚫고 비치는 햇빛과 원으로 단을 쌓아 그 중앙에 세워진 깃대에 걸린 태극기, 그 옆에 놓인 접이식 파라솔에 마주 앉은 경찰과 나를 이상한 시선으로 보는 눈빛을 느끼면서 망연히 앉아 있었다.

정말 막연했다. 부끄러운 짓을 한 것은 맞았다. 어쩌자고 그런 일을 벌였는지 후회가 앞섰다. 솔직하게 얘기하면 '막연한 호기심'은 있었다. 그 말은 이미 경찰이 믿어주지 않았다. 그렇다고 조사를 벗어나기 위해서 '그녀를 좋아한 나머지'라고 말하면 이내 성범죄로 확대될 터였다.

"어제, 그리고 지금도 왜 빈집에 들어갔는지를 생각하고 있습니다. 나도 몰랐던 감정에 놀라곤 했습니다."

"좋아. 그런 것이라도 털어놔 봐."

나는 옆집의 이름조차 관심이 없었다는 사실부터 얘기했다. 또 동료의식을 느꼈을 것이라고도 말했다. 아무리 애써도 다수가 루저일 수밖에 없는 대한민국의 청춘이라면 그런 생각이 들지 않았 겠냐고 되묻기도 했다. 뒷산의 숲조차도 차단막으로 가리고 자야 하는 혼자인 두려움이 이해됐고, 가이드라도 해야 할 상황이 막연 한 담처럼 이해되기도 했다는, 잠을 설치면서 생각한 엉뚱한 생각 들을 털어놨다. 또 포기할 수밖에 없었던 직장 생활 3년을 얘기했 다. 직장을 그만두면서 포기한 것이 결혼일 수밖에 없는 이유를 또 설명했고, 나란히 청춘 남녀가 살아도 '그 짓'은 생각할 겨를도 없었다는 상황을 설명했다. 불확실한 미래에는 뜻 모를 불안이 작 용하고, 그 불안을 알기에 남과 부딪치기 싫은 감정이 이해되면서 동류의식을 느꼈을 것 같다고 말했다. 그래서 빈집을 살펴주고 싶 었을 것이라고 말했다. 그래도 그녀가 빈집에 오간 것을 알면 꽤 배신감을 느낄 것 같다는 말도 했다. 긴 시간 조리 있게 얘기했다 는 생각이 들었다.

경찰은 나의 지루한 얘기를 꽤 성의 있게 들었지만 만족한 표 정은 아니었다.

"이해는 되지만 난 인간의 사악함을 너무 많이 경험한 사람이 야. 나는 시간이 많아. 자꾸 그렇게 생각해 보라고. 언제 그 짓을 했는지 떠오를 수도 있겠어."

나는 그의 무표정에 기가 질렸다.

"믿음이 없는데 제가 무슨 말을 하든 믿어지시겠습니까? 그럴 듯한 상상으로 재밌게 꾸며서 들려드릴까요? 내가 그런 거짓 진술을 하면 상대가 가만히 있을까요? 그런 진술이 무슨 의미가 있습니까?"

경찰은 장난하지 말라는 듯 눈을 부라렸다.

"그게 의미가 있는지 없는지는 내가 결정해! 상상을 더듬어 봐. 꿈속에서라도 옆집과 그 짓을 했는지!"

"저는 늘 악몽에 시달립니다. 책상에 가득 일이 쌓여 있고, 나는 밤새 자판을 두드리지요. 하나가 끝나면 또 지시가 떨어집니다. 난 그런 악몽만 꾸다가 회사를 그만뒀습니다. 휴식이 없는데 무슨 생산성이 늡니까? 여유가 없는데 어디서 기발한 아이디어가 나오느냐고요! 그래서 노력한 만큼의 반응을 기대하고 커튼 집을 낸 겁니다."

"나는 자네 나이를 거쳤어. 꿈에 동네 처녀와 이상한 짓을 할 때도 있었지. 대개는 부끄럽지만, 가끔 지난밤의 여자를 보면 느낌이 다르지. 아껴주고도 싶고, 뭐든 못 해줄 것이 없지."

"시대가 다른가 봅니다."

"알았어. 자네 입에서 그럴듯한 말이 나올 때까지 기다리지. 매일 오전 열 시에 여기서 만나 오후 여섯 시에 내려가기로 하자고."

국사봉에서는 상도동 너머 한강이 보였다. 한강을 넘는 철길도 보이고, 용산도 보인다. 시선을 조금 돌리면 관악산이다. 모든 것이 비현실적인 듯 뿌연 미세먼지에 싸여 있었다. 경찰과 나도 그 공기 속에 있었다. 온갖 건물 속에 사람이 들어차 있는 것이고, 그 건물 속의 사람들은 각자 자신의 방향을 향해서 내달리는 중이었다. 어쩌면 신념을 위해서 달린달까? 경찰과 나도 신념을 맞대고 있었다. 악의 뿌리를 캐고 말겠다는 신념과 귀찮아도 거짓을 말할 수 없다는 신념이었다. 이제 신념은 자신을 지키기 위한 수단으로 전락하고 말았다. 생각해 보면 그저 그럴듯한 막연한 미래만 있었다.

"어떤 미래를 그려?"

어느 날 은영이 물었다.

"평범해. 대기업에 입사해서 정년을 채울 수 있을까?"

몇 달 뒤 은영은 교환학생으로 미국으로 떠나고 말았다. 그것을 답으로 삼았는지 모르지만, 그 뒤 서로에게 부담되는 불확실한 질문은 빼고 안부만 묻는 통화를 가끔 주고받았다. 그런 통화에서 은영은 나의 사표 얘기를 듣고 한숨을 쉬었다.

"정년을 걱정하더니 왜 사표를 내?"

은영은 전화로 그렇게 물었다.

"아침 7시 출근해서 자정에 들어가는 연속이야. 이렇게 살 수는 없어."

"이해해. 난 여기에 정착할까 봐."

나는 그때 막연하지만, 우리 세대는 미래를 접고 살아서 아무 때나 방향을 틀 수 있다고 생각했다. 은영을 대신해서 옆집에서 미래를 꿈꿨나 싶기도 했다. 한두 번인가 옆집이 은영이 혼자 지냈을 이국의 방처럼 느껴진 적이 있었다. 그런 상상을 하면서 202 호의 거실에서 그녀가 맞춰 놓은 채널의 음악을 들은 기억이 생생했다. 그 공간은 전혀 낯설지 않았다. 음악을 들으면서 그녀가 보던 책을 뒤적이면서 은영을 떠올리는 것은 서글프지도 않았다. 이미 결혼해서 아이까지 낳은 옛 연인이니 서글플 리가 없었다. 옆집도 그런 사랑 하나쯤은 있으려니 싶었지만, 생각은 거기까지였다. 매달 가겟세와 월세를 걱정해야 하는 처지에서 상상이 더 앞서가지는 않았다.

"자네 한 번도 그 짓 안 해 본 것은 아니지?"

실로 집요한 사람이었다.

"키스까지는 해 봤습니다."

"키스까지만? 그 나이에? 우리와 달리 요즘 세대는 성이 훨씬 개방적이지 않나?"

"일부겠죠."

"아들이 그러더군. 썸을 타기도 쉽지 않다고."

"자제분의 나이가…?"

"자네하고 비슷하지."

나는 경찰에게도 결혼할 때를 놓친 아들이 있다는 사실에 놀랐다.

"그놈 말이 이제 결혼은 필수가 아니고 선택이라고 하더군. 요즘 짝사랑이 대세라면서?"

"결혼을 포기했다면, 그렇죠."

"옆집도 혼자 좋아하고 말 생각이었나?"

"아니라니까요. 커튼 설치가 아니었으면 옆집에 누가 살았는지 끝내 몰랐을 겁니다. 커튼 때문에 연결됐지요."

"커튼을 달면서 몰래카메라 같은 것은 연결할 생각은 안 했나?"

나는 대답하지 않았다. 많은 집에 커튼을 달았고, 많은 가정을 봤다. 많은 가정을 봤다는 것은 가정에 대한 특별한 감정이 싹틀 만도 하고 그렇지 않을 수도 있었다. 그 공간은 각각 달랐다. 어떤 공간은 따뜻하지만, 어느 공간은 어딘가로 곧 떠날 임시 거처 같았다. 나는 커튼이 그 집의 분위기를 따뜻하게 하는 쪽에 신경을 썼다.

나는 6시에 산에서 내려와 다음날 10시에 다시 국사봉에 올랐다. 밤새 재봉틀을 돌려 커튼을 만들어놨으니 그날은 내려가자마자 커튼을 달 생각이었다.

국사봉을 내려오고, 국사봉을 다시 오르는 일은 '시지프스의 신화'를 연상시켰다. 끝없이 산 위로 돌을 굴려 올리지만 굴려 올려야 하는 반복처럼 경찰의 호기심을 채우자면 며칠 동안 국사봉을 오가야 할 것 같았다.

"이걸 배낭에 짊어지고 오르는 일도 힘들군. 자네도 논술을 봤을 테니, 게임 이론을 알고 있겠지? 누가 이길 것 같은가?"

게임 이론은 공범의 진술을 고려해서 자신의 형량을 줄이는 것이었다. 둘 다 침묵할 경우 형량이 가장 적지만, 공범끼리 불신해서 진술하게 돼 있어서 범죄 사실을 자백하는 것이 가장 낮은 형량을 받게 된다는 이론이었다. 나는 경찰이 성 접촉 사실에 집착하는 이유를 여전히 찾지 못하고 있었다.

나는 늦도록 바느질을 하면서 정리한 대로 침묵하기로 했다. 경찰도 예상했던 일인 듯 느긋했다. 모처럼 미세먼지 없는 맑은 하늘이어서 서울 시내가 한눈에 들어왔다. 우리는 접이식 파라솔 밑에 앉아 흘러가는 구름과 바쁘게 산을 올라 정상을 몇 바퀴 돈 다음 서둘러 내려가는 사람들을 한가롭게 살폈다. 그들처럼 마음 내키는 때에 내려갈 수 없다는 것이 문제였다.

"사무실을 나서면서 오늘은 대답을 듣게 될 거라는 것에 배팅하고 왔어."

경찰은 시선을 먼 곳에 두고 혼잣말처럼 말했다. 나는 잠시 무심코 흘러 지나가는 시간이 아깝다는 생각으로 준비해둔 말을 하고 말까 싶었다. 아주 멀쩡하게 이상한 말을 할 계획이지만, 쉬 내키지 않았다.

국사봉 정상을 오른 사람들은 경찰과 내가 접이식 파라솔 밑에 앉아 있는 것이 신기한 듯이 살폈다. 긴 침묵이 이어지면서 시간이 이끼운 생각이 들었다. 내키지 않았지만, 이상한 소리를 해야 할 것 같았다. 그래서 헛기침을 하고 경찰의 팔을 쿡 찔러 시선을 잡은 다음 조심스럽게 말했다.

"어쩔 수 없군요. 이건 정말 비밀인데, 밤이면 옆집에 커튼들이 모여서 반란을 꿈꿉니다. 나는 그런 날은 직업상 염탐이 필요합니다."

나는 경찰의 표정이 궁금했다. 아니나 다를까 눈을 동그랗게 떴다.

"창에 묶여 있는 커튼이 어떻게 모여서 반란을 모의한단 말인가?"

"그거야 알 바 아니죠."

"어떤 반란이던가?"

나는 침착하게 대답했다.

"어느 날 커튼들이 일제히 창문을 열고 펄럭입니다. 결국, 서울 전체의 일이 되지요. 매달려 있기 싫다고. 자유를 달라고. 정말 심각한 상황이죠. 창문이 열리고 모든 커튼이 어지럽게 나부끼는 것을 상상해 보십시오. 누가 커튼을 하겠습니까. 그 반란을 중지시켜야 했습니다."

경찰의 표정이 굳었지만 황당해하는 것 같지는 않았다. 손바닥을 비볐다. 싱겁게도 충분히 이해한다는 표정에 가까웠다.

"어느 집 창문이 열려 있고 커튼이 펄럭이고 있으면 쉽게 보아넘길 일이 아니군!"

경찰은 능청스럽게 뒤통수를 치려는 것 같았다. 너무 태연했다.

"그렇습니다."

경찰은 나를 빤히 보면서 붓방아를 찧었다. 불쑥 병원에 가자고 할지도 모른다는 생각을 하고 있을 때쯤이었다.

"그래도 우리 큰놈보다는 논리적이군! 말을 하면 속을 어림할

수라도 있지! 나는 큰놈 방문을 밖에서 잠그고 있고, 창문에는 방범 쇠창살을 달았네. 그런데 매번 무용지물이야. 늘 창은 열려 있고 커튼이 밖으로 나와 펄럭이고 있지. 어느 날 녀석의 뒤를 밟았더니 자네 빌라 뒤로 올라와 안을 훔쳐봤어. 남자가 방에서 서성거리고 있더군."

나는 신고자가 마주 앉은 경찰이라는 사실에 놀랐다. 경찰은 수첩 뒤에서 사진을 꺼냈다.

"이건 아들 책상에 있던 거야."

옆집 여자가 계단을 내려서는 사진이었다. 나는 짧은 순간 상황을 이해할 수 있었다. 경찰의 아들도 대부분 청년처럼 실업자로 전락해 있어도 사랑의 끈까지 놓지 못하고 있었다. 아버지는 아들이 훔쳐보는 옆집 여자를 자신의 잣대로 며느릿감으로 알아보는 중 같았다.

"대신 만날 생각까지 하는 것 같은데, 제가 알아봐 드릴까요? 허락할지는 알 수 없지만…."

"좋지. 어쩌겠나. 하나뿐인 아들이 좋아하는 여자라는데…. 우선 자네와 옆집의 관계를 속 시원히 말해 봐."

허탈한 얘기였다.

"참, 지극 정성의 아버지네요!"

"애물단지니 어쩌겠나. 내가 나서 보는 수밖에."

"아들이 직장을 가진 적은 있습니까?"

"지친 것 같아. 매달 내 연금의 반을 떼 주는 것으로 제안하면

허락할까?"

"해결의 핵심 같지는 않군요."

"매달리면, 나를 봐서라도 허락할지 모르지. 그러니 솔직하게 얘기해 봐."

나는 일어섰다. 경찰은 나를 미친 사람으로 보고 있지 않았다. 가장 비상식적인 얘기가 통한 것이니 허탈했다. 모처럼 시야가 트인 서울의 하늘에 걸린 태양이 이글거리고 있었다. 여섯 시가 되려면 얼마나 기다려야 할지 몰랐고, 그 시간까지 붙잡혀 있고 싶지 않았다. 경찰도 더는 할 얘기가 없을 것 같았다.

"속 시원하게 말씀드리지요. 맹세코 아무런 일도 없었습니다. 앞으로는 몰라도!"

난 개의치 않고 집을 향해 걸었다. 붙잡겠지, 하는 불안이 있었지만, 경찰은 그러지 않았다.

"옆집에는 이 얘긴 말아 주게."

등 뒤로부터 그 말만 들렸다. 나는 손이라도 흔들어줄까 하다가 말았다. 처음으로 옆집이 아닌 그녀를 보호해야 한다는 생각을 했다. 그녀가 암막 커튼을 부탁한 이유를 알 것 같았다. 그녀가 귀국하기 전에 집 뒤 숲부터 훤하게 가지치기를 할 생각이었다. 커튼의 반란을 얘기하지 않았으면 여전히 잡혀 있을 것을 생각하면, 세상이 참 심상치 않았다.

빨간 허수아비

밥을 먹지 못한 날이 며칠째일까? 샤워하고 나자 거울에 드러난 얼굴에는 아직도 생기가 남아 있다. 며칠은 더 끄떡없을 것 같다. 나는 거울 속을 향해 억지웃음을 지어 보이다가 눈살을 찌푸린다. 아파트의 작은 방에 갇힌 듯이 사오일을 누워 있었다.

아파트 베란다에 놓인 화초들이 한낮의 쏘는 햇빛에 데쳐진 듯 늘어져 있다. 창문이 닫혀 있어 바람 한 점 없는 곳. 벌써 그 안은 한증막이다. 갇힌 꼴이 된 화초들을 보자 다시 공간에 대한 환멸이 밀려온다. 창문을 열었는데도 진공처럼 느껴진다.

아빠는 또 아파트 외부를 서성인다. 진공 속에 떠 있는 사진 같다. 분명 허상이라는 것을 알면서도 신경이 쓰인다. 나를 이런 혼란에 빠뜨린 주범은 의사였다.

한 달 사이에 모든 일상이 달라졌다. 나는 힘을 내기 위해서라도 거울 속의 나, 강인화를 향해 억지웃음을 지어 본다. 외출복을 갖춰 입고 한 번 더 거울 앞에 선다. 이웃과의 대면을 피하려고 선글라스에 모자를 눌러쓰고 나서야 집을 나선다.

"약속한 날짜보다 사흘이 지났죠?"

인천에 가지 않고 병원을 먼저 찾은 것은 정말 힘든 결정이었는데, 의사는 내가 선글라스를 벗기 기다렸다는 듯이 비꼬는 투로 말한다.

"예기치 못한 일이 생겨서…."

의사는 일어나 책상 뒤의 캐비닛에서 진료카드 같은 서류철을 뒤진다. 찾는 동안 말이 없다. 돈을 주고 한 약속을 개인 사정으로 어겨도 되는 거냐고 반문하는 것 같다.

하지만 한 달은 며칠처럼 지나갔다. 돈을 받지 않았다면 까맣게 잊어도 될 일을 계약이라 하는 바람에 올 수밖에 없었다.

"보고서는?"

보고서? 갑자기 뜨악하다. 보고서도 쓰기로 되어 있었나 싶다. 의사는 분명 아빠의 토요일과 일요일을 3회 정도 관찰하고 평소 집에서 느끼던 것과 다르게 느껴지는 점을 말해 달라는 거였다.

나는 잠시 난감하다. 처음부터 말이 안 되는 제안이라 생각해서 거절했었다. 한 달에 한 번 아빠를 보기 힘든 현실에서 아빠의 직장을 찾아가서 살핀다는 것은 상상할 수 없었다. 나는 업무 강도가 높은 프리랜서 디자이너다. 아빠는 인천에 있는 회사 기숙사에 기거하면서 한 달에 한 번 집에 올까 말까 했다. 결혼으로 분가한 뒤라 이제는 온다 해도 알 수도 없다.

의사는 그날 프리랜서 디자이너가 얼마나 전문적이고 바쁜지를 상당히 잘 아는 것처럼 얘기했다. 그래도 자신의 부탁은 들어줘야 한다는 설명을 꽤 간곡하게 했다. 진찰 기록이 전산화되면서 부모와 자식 간의 가족력이 밝혀지고 다른 연관 통계도 시도할 수 있게 됐다는 설명이었다. 요즘은 가족과 만남도 숙제라고 생각해야 얼굴을 보는 세상이라는 말에, 맞다 싶어서 수락했다.

"아빠는 정상으로 보였어요. 보고서가 필요하면 이메일로 보내겠습니다."

의사는 한 묶음의 서류철에 무어라 바쁘게 적다가 나를 봤다. 대충 얼버무리지 말라는 것 같다. 잠시 후 아빠가 정상이라는 근거를 말해보라고 한다.

나는 해변에 때 이르게 피어 있던 코스모스의 하늘거리는 꽃잎과 섬과 바다에 떠가는 배부터 떠올린다. 아빠의 작업장은 그 해변에 붙어 있어서 해변 풍경을 실컷 본 다음에야 면회실을 찾았다.

아빠는 나를 보자 웃었다. 반갑게 안아줬고, 동료들에게 자랑스럽게 소개했다. 처음 가본 아빠의 직장이지만 내가 상상했던 현장은 아니었다. 나는 결혼 한 달 만에 이혼하고 혼자가 돼 있는데, 아빠도 혼자 잘 버티고 있었다. 사람이 고통을 감내한다는 것은 쉬운 일이 아니었다. 고통을 아무렇지 않은 듯 넘기는 사람은 정상인에 가깝다는 생각이었다. 의사는 나의 그런 설명을 듣고 못마땅해했다.

"뭘 어떻게 버티고 있다는 건가? 고통은 버티는 것이 아니라 해소해야 하는 거야!"

무슨 차이냐 싶다. 아빠는 퇴직한 상태였다. 사장으로서 퇴임식을 마치고 송별회까지 받았으면 직장을 떠났어야 했는데, 사장이면서도 워낙 현장 사람처럼 일한 사람이라 그 습관대로 아무렇지 않은 듯이 현장에서 일하고 있었다. 그 말을 들은 의사는 잠시 말이 없다. 그러다가 혼잣말처럼, 준비가 안 됐기 때문이라고 한다.

시선을 돌려서 두어 장의 서류에 뭔가를 끼적거리고 나서는 캐비닛을 닫았다. 의자에 앉고 나서도 잠시 붓방아를 찧는다. 뭔가 생각을 정리하는 듯 보인다.

"우린 굉장히 바쁜 와중에 딜을 한 거야. 맞죠? 자식이라면 마땅히 부모의 일상에 관심을 가져야 하는데 대부분 그렇지 않다는 거고. 거기에 내가 비용을 지급한 것은 단순한 케어가 아닌, 내게 필요한 답을 얻기 위해서예요."

의사는 융통성 없는 말투로 무슨 말을 하려는 건지 전혀 감을 잡을 수 없게 말했다.

"다시 말하지만, 베이비붐 세대와 그 자식 세대의 질병의 유사성, 가족력이라고도 하는데 유사한 성격이 유사한 질병을 일으키는가를 알아보는 거야. 배고팠고 배부른 세대, 하고 싶은 일을 할 수 없었고, 하고 싶은 일은 뭐든 할 수 있는 세대…, 그 차이에 뭐가 존재할까? 철저히 나밖에 몰랐는데 그 속으로 남편이라는 사람이 들어왔어. 내가 아버지의 삶도 밀어 넣은 거지. 모두 엉망으로 보인 것 맞지?"

나는 약간의 현기증을 느꼈다. 내 판단이 잘못됐다고 말하는 것 같았다. 이명을 치료하기 위해서 병원을 찾았을 때, 의사는 결혼을 앞두고 너무 많은 신경을 써서 그렇다고 했다. 전산 기록상 아빠가 강달우로 나오는데 맞느냐고 물었고, 그렇다고 하자 의사는 많은 것을 캐물었다. 귀찮았지만 첫 진료에서는 결혼을 앞두고 신경을 쓰는 문제들을 얘기할 수밖에 없었고, 그다음 진료에서는 하찮은 일로 이혼이 거론된다고 말했다. 이제 와 의사는 그런 얘기를 묶어서 판단하고 있었다. 나는 의사의 그런 성찰이 편향으로 보였다.

성장하면서 온 가족이 함께 보낸 시간은 손으로 꼽을 정도였다. 나머지는 각자가 최선을 다해서 내달았을 뿐이었다. 오죽했으면, 신혼 1개월만 휴식 같은 여유를 가져보자고 했겠는가. 모두가 그렇게 숨 가쁘게 살고 있었다. 의사는 그런 사정을 다 들었으면서도 나와 아빠를 묶을 방법만 생각하는 것 같았다.

그런 편향에서 벗어나고 싶었다. 부부가 된 권규성은 신혼 한 달을 쉬기로 했다는 말을 듣고는, 그런 중요한 결정을 왜 혼자 내렸느냐고 따졌다. 마치 자신의 아주 소중한 영역을 침범당했다는 태도였다. 그런 결정은 너무 중요한데도 혼자 사치스런 결정을 한 것을 받아들일 수 없다며 이혼을 통보했다. 너무 어이없고 치사해서 나도 결별을 선언했다. 한 달의 휴식이 어떻게 사치인가? 그건 프리랜서의 특권이었다.

나는 오늘 기어이 인천을 다녀오자는 각오를 했기 때문에 다소 성급해 있었다. 나는 자리에서 일어났다.

"사퇴 처리가 됐음에도 직장을 나간다는 것은 일종의 퇴행 심리인데, 아마도 받아들이지 못하는 원인이 있을 겁니다. 알아보세요."

"보충 숙제인가요?"

나의 질문에 의사는 분명 '끙'하는 신음을 내뱉었다. 하지만 그뿐이다. 그때서야 이명 증세를 물었는데, 사실과 달리 좋다고 말하고 말았다. 밥이 안 먹히는데 약이라고 먹혔을 리 없었다. 삐 하는 소리가 요즘은 조금 뜸해진 정도였다.

나는 병원을 나오는 순간 깊은 한숨을 뱉었다. 정말이지 재충전을 위해서라도 신혼 1개월은 쉬고 싶었다. 꿈에 부푼 듯이, 약간의 배고픔도 다이어트쯤으로 생각하고 클래식 멜로디와 더불어 맘껏 뒹굴 수 있도록 프로젝트 참여 일정을 조절했다. 1개월을 쉬어도 전체 수입은 달라지지 않도록 일정을 압축시켰다. 그런데 그것이 문제였다.

신혼이란 공인된 단절의 공간이었다. 주먹이 오가지 않을 뿐 사각의 링 같았다. 룰이 있어야 했지만 그렇지 않았고 링에는 둘뿐이었다.

한 달의 휴식이 이혼감이라니! 나는 계속 그렇게 외치고 있을 뿐이었다. 먹지 못해서가 아니라 아직도 생각의 소용돌이 속에서 여전히 휘청거리고 있었다. 의사 때문에 입체가 아닌 평면이 되도록 바짝 눌려 있다가 빠르게 입체를 되찾는 느낌이었다.

모리츠 에셔의 테셀레이션 도안 같다는 생각이었다. 에셔의 도안은 종이에 그려진 파충류가 서서히 평면을 벗어나 형체를 가지고 주변을 거닐다가 다시 평면이 되는 몽환적인 순환을 나타내는 것으로 유명했다. 나는 그런 순환 속에 갇힌 기분이었다. 그건 최근에 반복되고 있는 공간적 환멸과도 연관됐다.

이명이 시작되면 공간은 늘 진공이었다. 진공 속에는 작고 큰 것들이 순서도 없이 떠다녔다. 어제와 오늘에 있었던 일들조차도 앞뒤가 뒤섞여서 존재했다. 온갖 과거의 순간들이 앨범 속을 벗어난 사진처럼 허공을 떠돌았다. 아빠는 돈을 많이 벌기 위해서 당연히 나가 있어야 하는 사람으로 이해됐다. 아빠의 부재는 늘 배고픔 같았다. 하루에 몇 번 떠올랐지만 불규칙한 식사 자리처럼 자연스럽게 잊고 지냈다. 우리의 목소리는 그 속에서 메아리처럼 울렸다.

〈따루는 혼자 있다가 회사에 간 모양이네? 엄마, 아빠가 왜 따루야? 강달우에서 강을 빼고 여러 번 불러봐. 달우, 다루, 따루… 히히 따루네? 하지만 늘 혼자 있으니 따루야. 따루는 우리가 보고 싶지도 않은가? 돈 많이 벌어서 내 방도 있으면 좋겠다.〉

우리의 목소리는 까르륵까르륵 웃음 속에서 신이 나 있다. 우리는 아빠가 늘 따로 있어서 따루라고 부르는 것에 익숙했다. 아빠보다도 따루가 더 정겨웠다.

외출복으로 갈아입은 아빠의 모습에서는 작업장에서와는 달리 카리스마와 따뜻함이 함께 느껴졌다. 아빠는 내가 경비실을 찾았을 때 유난히 반기던 경비 아저씨를 형제나 다름없는 친구라면서 저녁 자리에 참석시켰다. 사고로 현장에서 일할 수 없게 돼 경비로 옮겨준 사람이라고 했다. 얼큰하게 술이 오른 경비 아저씨는 아빠가 자리를 비우자 주저하는 표정으로 입을 열었다.

"참말로 하기 힘든 얘긴디, 오해 말고 들어. 강 사장 여그서 짤렸어. 근디 송별회도 다 받고서는 지금 멀쩡하게 출근을 하고 있는 거! 병의 일종이래. 부도로 회사를 넘길 때 진 빚을 여직 갚고 있다 보니 퇴직을 받아들일 준비가 안됐댜."

나는 둔기로 얻어맞은 기분이었다. 엄마가 떠올랐다. 엄마는 가끔 아빠가 생각이 날 때면 인천 쪽 허공을 보고 혼잣말을 했다.

"안 보여도 꼬박꼬박 월급은 통장으로 들어오니 잘 있겠거니 싶지만, 에고! 나이가 드니 사람은 안 보여도 돈만 들어오면 그래도 안심이니 원! 이게 뭔 시상이여!"

나는 숨이 턱까지 차오는 느낌이었다. 빚은 그렇고, 그러면 그동안 월급은 무슨 돈으로 넣었을까? 나는 나의 사치에 대해 법을 넘길 수가 없었다. 속칭 '먹방'을 보면서까지 밥을 넘겨보려 했지만 넘기지 못했다. 정말이지 아빠를 살피도록 한 의사가 얄미웠다.

내가 의사와의 약속을 지키기 위해서 엄마에게 아빠의 전화와 직장 이름을 물었을 때, 엄마는 놀랍다 못해 어이없는 질문이라는 듯, "얘가! 아빤 휴대폰 없어! 그리고 아빠 직장 이름도 몰랐니? 너 이름을 따서 인화금속이었잖아!" 했다. 나는 그건 처음 듣는 얘기였다. 아빠에 대한 가장 최근의 기억은, 회사를 더는 꾸려가기 힘들어서 회사를 다른 사람에게 넘겼다는 거였고, 넘긴 회사에서 현장 책임자로 일은 계속하게 됐다는 정도였다. 그 최근의 기억이 초등학교 5학년이던 17년 전이었다. 부도로 진 빚을 갚고 있다는 얘기는 엄마도 모르는 일 같았다. 가족 누구도 그것에 의미를 두지 않았다. 사장이 됐다고 들었지만, 월급을 보내주는 것 이상의 변화를 느낄 수 없었다.

인터넷을 뒤져서 아빠 회사의 위치를 파악한 다음 전철을 타고 인천으로 가는 동안, 아빠도 남자이기 때문에 이혼 얘기를 하면 쉽게 이해해 주려나 하는 막연한 기대가 있었다. 하지만 많은 하객 앞에서 그리도 자랑스럽게 웃던 모습에 경비 아저씨의 말이 얹히면서 그 기대는 산산이 무너졌다.

면회실로 나온 아빠는 작업복 차림이었다. 나는 그때까지 아빠가 퇴직자인 것을 몰랐었다. 한쪽 귀에는 마스크가 걸려 있었다. 활짝 웃는 모습과 마스크가 묘하게 어울렸다. 자신의 회사를 남에게 넘기고도 그 회사에 남아 있는 사람. 우리는 출퇴근길이 멀어서 늘 떨어져 지내는 것을 당연하게 생각했다.

엄마는 아빠를 찾아갈 생각이라고 말했을 때, 앞뒤를 자르고 말했다.

"꿍쳐 놓은 돈 있으면 백만 원만 더 넣으라 해라."

나는 그 백만 원이 아빠에겐 엄청난 금액이라는 것을 경비 아저씨의 말을 듣기 전까지는 알지 못했다. 그전까지는 늠름한 아빠의 모습이 자랑스러웠다.

"센딩장 사무실은 이렇단다. 여긴 먼지가 많이 나니 문을 닫고 있도록 해라."

사무실은 컨테이너였다. 들어가는 문 반대편에 나가는 문이 있었다. 나가는 문밖은 지대가 낮아서 계단으로 내려갔다. 문밖에 펼쳐진 작업 광경은 화재 진압장 같았다. 아빠는 마스크를 쓰고 잠수복 비슷한 안전모를 뒤집어쓴 다음 소방 호스 같은 것을 붙잡고 철 구조물을 향해 모래를 쐈다. 먼지가 자욱하게 일었다. 센딩 작업은 용접을 마친 뒤 철 구조물에 붙은 녹을 제거하기 위해서 모래를 쏘는 작업이었다. 그런 다음에 페인트 작업에 들어갔다.

"아버지의 기관지 확장증세는 요즘 어떤가요?"

의사는 부녀지간을 확인한 다음 그렇게 물었다. 당황스러웠다. 아빠를 자주 만나지 않아서 그런 것까지는 알지 못했다. 의사는 그 병은 기관지가 확장된 상태로 작동을 못 하는 거여서 대부분 활동에 지징을 빚는데 아빠는 그걸 이겨낸 사람이라고 추켜세웠다. 불쾌했다. 처음 본 의사가 나보다 아빠에 대해서 많이 아는 것 같아서였다.

"아빠 건강하세요. 마라톤을 완주하는 체력이거든요."

나는 엄마에게 들은 얘기를 했다. 의사는 눈살을 찌푸렸다. 그때도 '끙'하는 신음을 들었던 것 같다. 의사는 아무렇지 않은 듯 혼잣말을 했다.

"운동은 여전히 하는 모양이구만. 호흡곤란증을 이겨낸 사람이니 어련하겠지만, 항상 기억력 감퇴 같은 합병증을 조심해야 해."

나는 의사의 말이 아빠의 작업환경과 관련이 있는 것을 현장을 본 뒤에야 알았다. 하지만 여전히 믿기지 않았다. 아빠가 호흡곤란증을 앓았다는 것은 상상할 수 없었다. 폐활량이 중요한 마라톤은 어설픈 체력관리로는 완주할 수 없다고 들었다. 엄마조차 아빠는 돈 관리는 몰라도 체력관리는 잘해서 건강 걱정은 없다고 했다.

아빠를 찾은 다음 날, 의사에게 항의했다. 아빠에 대해서 아는 것을 모두 얘기해 달라고. 그때 나는 의사를 오해하고 있었다. 의사는 아빠의 친구이거나 먼 친척일 가능성이 크다고. 그래서 나를 아빠의 삶과 얽히게 하려고 무척이나 애쓰고 있다고.

의사의 얘기에 의하면 아빠는 기적적으로 회생한 사람이었다. 단순한 독감 치료차 병원을 찾았다가 기관지가 제 역할을 못 하는 기관지확장증을 확인했고, 간신히 걸을 정도의 체력으로 마라톤을 완주한 불굴의 사나이였다. 그건 오로지 일을 하기 위한 노력이고 베이비붐 세대의 특징이었다. 어머니와의 약속과 가장으로서의 책임감이 아빠를 움직이게 했을 뿐, 아빠는 어쩌면 빈껍데기에 불과할지도 모른다고 했다.

나는 아빠가 겪었을, 실제 존재하는 것과 다른 가상의 실재인 시뮬라시옹을 보고 있었다. 아빠는 그런 과정을 거쳐 이명 속에서 앨범을 벗어난 사진처럼 내가 느끼는 진공 속에 떠다니기 시작했다.

"인화야, 내가 하도 답답해서 전화했다. 이번 목요일에 아빠 숙소를 철거헌댜."

경비 아저씨였다.

"숙소를요?"

"어찌케 헐거나? 너라고 무슨 수가 있겠냐 마는…."

경비 아저씨는 술에 취해 있었다. 나는 정말이지 이럴 때 어떻게 해야 할지 막연했다. 엄마라면 간단히 결정을 내릴 것 같았다. 내가 엄마하고 상의한다고 하자 목소리가 높아졌다.

"아녀, 아녀! 폼나는 남편, 폼나는 아빠가 되자고 닷새를 안 자고 일하는 사람여. 월급의 반 이상을 압류당하고도 모진 세월 자기가 해야 할 몫을 해낸 거여. 엄마하곤 상의할 사항이 아녀. 네가 와서 어떻게 해봐라."

어젯밤, 창문으로 흘러드는 불빛 말고는 어둠에 싸여 있는 황량한 공간에 전화가 울렸다. 엄마였다. 아빠와 내가 꿈에 보여서 목소리나 들으려고 전화했다는 것이었다. 그래서 아주 질 게시는 아빠의 모습을 설명했다. 그 시간이 왜 그리도 길게 느껴졌던지. 엄마와 통화하면서 처음으로 눈물을 흘렸다. 나는 탈피를 끝낸 빈 껍질 같았다. 공허한 껍질이 반응할 수 없는 것처럼 눈물은 흐르는데 울어지지는 않았다. 그냥 막연했다. 자고 일어나면 잊힐 일처럼 누운 채로, 아빠 이틀 후면 어디로 가지? 하는 반문만 거듭했다. 간다고 해결될 일도 아니었지만 일단 가겠다고 했을 때, 전화기 속에서 경비 아저씨는 고맙다는 말과 함께 울었다. 술 탓이라고 생각했다. 자식도 멀쩡한데 남이 운다는 것은 이해되지 않았다.

의사를 만나고 나면 바로 인천으로 가겠다는 계획이었는데, 나는 집으로 되돌아와 허기를 채웠다.

들어오자마자 벗어 던졌던 옷을 다시 주워 입다 말고 나는 벽마다 걸려 있는 에셔의 테셀레이션 그림에 눈이 멎었다. 피곤 때문인가. 도안의 기하학적 패턴이 끊임없이 연속되는 그림은 이명으로 이어졌다. 갑자기 시작된 이명에 습관적으로 귀를 막았다. 하지만, 이명을 자연스럽게 받아들이라는 의사의 충고 때문에 나는 불쑥 두 팔을 벌렸다.

나는 피아노와 미술, 영어 학원을 전전하면서도 발레를 반드시 배우고 싶다고 우겼다. 단짝이 배우고 있다는 이유 말고는 없었다. 엄마는 돈이 드는 것은 뭐든 그냥 해주는 일이 없었지만 나는 기어이 허락을 받았다. 발레는 손과 발의 예술이었다.

나는 자연스럽고 우아하게, 발레의 기초 자세인 앙바에서 양팔을 어깨높이로 올리는 알라스공드와 앙오를 반복하면서 거울 속의 나를 봤다. 동작의 난도가 높은 훼떼, 아라베스크, 그랑 주떼, 주떼 앙투르낭을 섞는 동안 눈에서는 밤 동안에 모인 이슬만큼의 눈물이 흘렀다.

나는 꿈을 꾸는 동안에는 기억할 필요가 없었던, 피아노와 발레와 미술을 배우면서는 결코 기억할 필요가 없었던, 그저 즐겁고 행복했던 기억이 지금에는 화폭에 잘못 덧칠된 물감처럼 얹히는 느낌이었다.

그 시기에는 아빠가 없었다. 아빠에 대한 기억은 초등학교 3학년 일일 교사로 와서 해준 이야기가 전부였다.

아빠가 서울에 온 것은 할머니의 사닥다리 때문이었다. 아빠가 다니던 농고의 학생들은 군의 13개 면에서 왔고, 아빠는 면을 대표하는 주먹이었다.

할아버지는 아버지의 잦은 주먹질에 파출소나 경찰 소리만 들어도 신발을 신지 못하고 마당으로 뛰쳐나왔다. 치료에서 손해배상까지 하기 위해서는 논을 판 돈에 계란판을 사 들고 찾아가 뒷수습을 해야 했다. 할아버지는 결국 아빠를 뒷방에다 가뒀다. 아빠는 용케도 할아버지의 명령을 따랐다.

문제는 할머니였다. 할머니는 아빠가 감금된 지 사흘 뒤부터 아빠와 함께 자겠다며 뒷방으로 옮겼다. 며칠 뒤 할머니는 할아버지 몰래 뒷담에 사닥다리를 놔줬다. 콧구멍 삼아 동네만 한 바퀴 돌고 오라고. 귀가 시간을 잘 지켜야 사다리를 나시 놔준다는 것이었지만, 아빠는 나가면 밤이 늦어서야 되돌아왔다. 밤늦게 돌아온 하루나 이틀 뒤면 어김없이 파출소 아니면 피해자 중 어느 한 사람이 집을 찾아왔다.

아빠는 피해자로부터 보상비의 절반을 완력으로 되찾아 오기 일쑤였다. 할머니의 결정은 시골에 미련을 두지 말고 서울로 가라는 것이었다.

할머니는 손수 정성을 들여 자수한 횃댓보에 할아버지가 논을 팔아 피해 보상을 해주고 남은 돈을 싸서 아빠 손에 쥐어 주었다. 성공해서 갚으면 될 일이라고.

결론부터 말하면 아빠는 성공한 사람이었다. 고모들 얘기가 강달우 인생에 서울에 집이 있는 것만으로도 성공한 거라고 했으니까. 아빠는 두 번의 사업 실패 이후 용접을 주로 하는 지금의 구조물 제작 회사를 차렸다.

하지만 2년 뒤, 아빠는 납기 지연 배상과 밀린 임금 문제로 회사를 넘겨야 했다. 새 사주는 종업원을 반 이상 줄이고 아빠를 현장 책임자로 앉혔다. 잘려나간 종업원들이 농성을 벌였지만 새 사주는 눈도 깜짝 안 하고 그들을 불법 농성으로 내몰았다. 엄마는 그 얘기를 하면서 사업은 아무나 하는 것이 아니라고 했다. 아빠는 그런 독한 면이 없고 대장 노릇을 하는 것만 좋아했다고. 애초부터 현장 책임자가 적격이었는데 돈 다 날리고 깨달은 것이라고.

엄마는 그렇게 푸념하면서도 엄마 나름의 역할에 충실했다. 도배 일로 바빴고, 아빠를 대신해서 친척의 애경사를 챙기고, 치매에 걸린 시모에게 아침저녁으로 문안 전화를 했다. 내가 보기에는 동떨어져 있는 두 개의 톱니바퀴는 무엇인가에 맞물려 한 치의 어긋남도 없이 돌아갔다. 나는 늘 혼자인 것이 불만이었다. 오빠는 그런 집에서 늘 도망가고 싶어 했다.

전철역에서 버스를 갈아타고 외진 바닷가에 내렸을 때, 땅에서 올라오는 지열과 해풍의 조화가 코끝으로 느껴졌다. 해는 기울어 있어도 더위는 여전했다.

경비 아저씨는 전화에 대고 울먹일 때와 달리 덤덤했다.

"사장은 오늘 늦는다고 혔어. 마라톤을 끝내고 회원들과 저녁을 먹기로 혔댜. 일단 이 열쇠 가지고 저쪽 계단으로 올라가 짐부터 챙겨봐. 201호여."

숙소는 한 마디로 너무 휑했다. 방 입구에 2층 침대가 놓여 있고, 작은 책상 위에는 낡은 컴퓨터, 그 옆에 철제 캐비닛과 작은 TV가 전부였다.

나는 아빠에게 줄 휴대폰에 숙소를 담고는 어릴 때 이후 보지 못한 2층 침대에 걸터앉았다. 엄마는 그렇다 치더라도 오빠는 뭐 하느라 바쁘냐 싶기도 했다. 나는 방안을 배회하다가 낡은 철제 캐비닛을 열었다. 놀랍게도 빛바랜 할머니와 할아버지 사진 외에, 나조차도 잊은 어릴 때의 사진과 엄마와 오빠와 함께 찍은 사진들, 회사 생활을 하면서 찍은 동료들과의 사진들이 캐비닛 선반에 나열돼 있다. 나는 그 사진들을 차례로 휴대폰에 담는다. 낡은 횃댓보 속에는 양복 한 벌과 현장 작업복과 사무실용 작업복이 전부다. 초라하다. 작업복에 손을 넣자 귀막이용 소음기가 잡힌다. 그런 것들을 사진에 담고 다시 박스에 넣는 동안 문득, 아빠는 그래도 집에 오면 콧노래를 흥얼거렸던 기억이 새롭다.

나는 소음기를 귀에 넣는다. 주변의 소음이 아득하다. 불과 몇년 전까지 나는 그 소음기를 친구들과 나눠 가졌다. 귀가 너무 늦은 날에는 집에 들어가면서 미리 귀를 막았다. 그렇게 하면 엄마의 잔소리가 아련했다.

나는 무슨 소린가에 눈을 떴다. 불이 켜져 있다. 잠시 조는 동안 경비 아저씨가 다녀간 것이 분명하다.

"짐이래야 박스 둘이네요."

나는 경비실로 가서 그렇게 말했다. 경비 아저씨는 저녁을 시켜놓고 있다.

"아녀, 여그서 산 세월이 얼만디 그것뿐이겠어. 일단 먹고 봐."

나는 손사래를 쳤다. 배가 고프지 않다. 아빠를 설득할 일이 너무 막막했다.

경비 아저씨는 내일 새벽부터 건물을 철거하기 위해 중장비가 와 있다고 한다. 짓는 시간은 오래 걸려도 허무는 것은 잠깐이라면서, 칭다오에 세우려던 공장을 인천에 확장하려다 보니 숙소도 철거해야 하는 것 같다고 한다.

경비 아저씨는 식사하면서도 아빠를 기다리는 눈치다. 시계를 자주 본다. 시간이 지나면서는 뭔가에 쫓기는 사람 같다. 혼잣말처럼, 이 사람 올 때가 됐는데, 하더니 갑자기 일어나 숙소 건물 지하 계단을 내려간다.

하지만 긴 복도의 끝에 있는 문을 열었을 때, 그곳은 비어 있다. 경비 아저씨는 그곳이 비어 있는 것이 믿기지 않은 눈치다.

"사람들이 야박스럽기는! 일밖에 모르는 사람을 이렇게 내치기는… 너, 전에 간 적이 있는 통닭집에 한 번 가봐라."

경비 아저씨의 태도로 봐서 그곳 짐은 아빠 몰래 치워진 것 같다.

아빠는 통닭집에 있다. 함께 앉은 마라톤 회원들이 빠져나가자 나에게 마라톤을 같이 하자고 한다.

"우리 딸을 또 보다니 오늘은 기분이 좋은 날이구나."

아빠는 웃고 있다. 오늘 캐비닛을 비운 박스가 눈에 밟힌다. 프리랜서로 일하다 보니 항상 짐은 작았다. 임시 근무지라는 생각에 짐을 만들지 않아서였는데, 아빠의 짐도 박스 둘에 불과하다.

"웃으니 더 예쁘구나. 권 서방이 다녀갔다."

이명이 머리를 관통하듯 유난스럽다.

"언제요? 무슨 얘길 했어요?"

"한 열흘은 된 듯싶다."

"아니 그걸 왜 이제 얘기하세요?"

짜증이 섞여서 퉁명스럽다. 권규성 특유의 가볍고 짧은 웃음과 가식적인 표정이 빨랫줄에 걸린 손수건처럼 펄럭이며 사라진다. 마음의 정리가 끝나면 각자 상대편 집에 가 인사하기로 돼 있었다.

"못난 아비를 탓하지 않아서 고맙다."

그게 왜 아빠를 탓할 일이냐 싶다. 연극을 할 필요가 없어진 것은 좋지만 남자는 여자와 다른가 하는 생각도 든다. 나는 아직 시댁을 찾아가지 못했다. 이해해 달라고 할 수 있는 문제가 아닌 것처럼 느껴졌다. 온갖 희망이 한 달 만에 이렇듯 악몽으로 달라질 수 있다는 것이 끔찍했다.

"이혼이 비밀이 될 수는 없는 거다. 벗어나야 하니까."

나는 망설이다가 시간이 좀 필요할 뿐이라고 말한다. 아빠는 다 큰 자식의 머리를 쓰다듬는다.

"대견하구나. 모든 게 다 그렇단다."

모든 것이 다 시간이 필요할 뿐이라는 말 같다. 눈물을 보일까 봐 잠시 천정을 봤다. 숙소가 철거되는 걸 알고도 이런 모습일까 싶다.

마술에 걸린 것 같다. 차라리 아빠가 취했으면 싶다. 아파트로 함께 갈 방법은 그것뿐인 것 같다.

"아빠 주량을 한 번 겨뤄요."

아빠는 웃으며 좋다고 한다. 체력은 거짓말을 하지 않았다. 내가 먼저 쓰러졌다. 이상한 것은 아빠 숙소로 업혀 간 뒤다. 몸은 움직일 수 없는데 침대에 뉘어진 다음 아빠와 경비 아저씨가 나눈 얘기가 다 들린다. 꿈속인 듯 공간에 대한 착시가 이어진다. 나는 종이처럼 누워 있다.

"옆에 외부 손님이 올 때 쓰는 여관을 놔두고 왜 이리 업고 와."

"자는 모습을 봐. 천사 같지?"

"안 되겠어. 나한테 업혀. 곧 철거가 시작된다고 했잖아."

"글쎄, 놔둬! 여긴 내 방이잖은가."

"가만, 전화가 왔어. 네, 회장님."

경비 아저씨는 잠시 말이 없다. 듣고 있다는 뜻으로 네라는 답을 계속한다. 네라는 대답이 점점 힘이 빠져 작아진다. 전화를 끊고도 잠시 침묵이다.

"이 시간에 회장이 무슨 일이야?"

아빠의 목소리는 건강하다.

"차를 보낼 테니 내일 아침에 본사로 같이 오라는 얘기야."

경비 아저씨는 잠시 말이 없다가 아빠를 끌고 나간다. 나는 둘이 사라진 한참 뒤에 일어나 침대에 걸터앉았다. 아빠를 기다릴 생각으로 책상으로 옮겨 종이에 뭔가를 끄적거리다가, 휴대폰에 블로그를 꾸미기 시작한다.

아빠의 방에는 숙소의 캐비닛 안의 모든 것. 현장은 물론 오늘 찍은 사진들이 그룹별로 담긴다. 얼굴만 눌러도 전화번호가 뜨도록 한다. 단축키로 친척 누구하고도 통화할 수 있게 작업을 끝냈는데도 아빠는 돌아오지 않는다.

아빠와 경비는 창문이 훤해서 들어온다. 아빠는 멀쩡한데 경비는 거의 인사불성에 가깝다.

"너 아빠 너무 취했다. 회장이 오늘 너 아빠를 본사로 데려오라는구나. 너 아빠는 못 알아듣는다. 인간 말종들이 어린애 사탕 보이고 홀리듯이 어기서 끌어내려는 거디. 그래도 닌 데리고 가야 하는데, 어쩔 테냐. 네가 좀 도와야지."

나는 그런 방법도 있나 싶을 뿐 가볍게 '네'라고 하고는 마지막으로 〈따루의 방〉이라 이름 붙이고 마무리에 열중한다. 그런데 아빠가 만들어 놓은 휴대폰 속의 방을 본다.

"아빠, 여기는 인터넷 속의 아빠 방."

나는 휴대폰에서 〈따루의 방〉을 보여준다. 아빠는 웃는다. "따로 있는 방이어서 따루냐?" 아빠는 신이 나서 가족사진을 얘기한다.

나는 시간을 확인하고는, 경비 아저씨의 말대로 어린아이에게 사탕 보이고 달래듯이 회사 정문 앞에 대기해 있는 회사 차에 아빠와 비틀거리는 경비 아저씨를 태우려고 한다. 그때 하필 숙소를 허무는 중장비가 움직인다. 아빠는 기어이 타기를 거부하다가 중장비를 향해 걷는다. 나는 흐르는 눈물에 경비 아저씨를 보지만, 그 역시 술에 취해 몸을 가누지 못하면서도 서울 본사로 가야 한다는 말만 하고 있다.

나는 삶이 테셀레이션 그림 같다는 생각을 한다. 평면이 입체가 되고 입체가 평면으로 되돌아가는 반복에 갇힌 삶. 실제를 닮은 가상의 세상.

아빠는 지평선 끝 빨간 소실점에 묶인 허수아비처럼 중장비를 향해 호통을 치면서 걸어간다. 중장비를 운전하는 아저씨는 빨갛게 달궈진 욕망 같은 아빠의 방해가 귀찮은 듯이 멱살을 잡아 내동댕이친다. 삐 하는 이명 속에서 그 전경은 네모로 잘린 사진처럼 멎는다.

비둘기 세일

열 평 남짓한 빈 사무실은 정리되어 있지 않았다. 책상과 캐비닛은 출입구 벽 쪽에 아무렇게나 놓여 있고, 소파만 창가를 향해 놓여 있었다.

건물은 재건축만 끝나 있었다. 입주 전의 옆 사무실들은 집기류 하나 없이 비어 있었다. 밖에서는 아직도 마무리 공사가 계속되고 있는지 간간이 금속성 절단음이 들려왔고 시청 앞 광장에서도 여전히 군중 집회의 함성이 이어졌다.

그 함성은 빌딩 입구에서 본 홀의 대형 스테인드글라스를 다시 떠올리게 했다. 불이 켜지지 않은 어둑한 홀에는 스테인드글라스를 통해서 색색의 유리 조각들이 내는 찬란한 빛이 흘러들고 있었다. 어딘가를 향해 날아오르는 새들의 군무였다. 새들은 분노한 군중의 함성에 놀라서 날아오른 것 같았다.

나는 한나절의 편안한 휴식을 즐기듯이 빈 사무실의 소파에 앉아 신문을 읽다가 창밖 기와지붕 사이로 난 골목과 골목을 오가는 사람들을 내려다보면서 시간을 확인하기 시작했다. 잠깐 다녀올 것처럼 나간 사료 실장은 오후 1시가 돼서도 돌아오지 않았다. 나는 잠시 복도에 나갔다가 K를 봤다. 복도에서 창밖을 보고 있는 사람은 분명 3년 전의 K였다.

대부분 비어 있는 사무실 복도에서 K를 봤으니 충격이 너무 컸다. 정갈하게 차곡차곡 쌓여 있던 한 무더기의 그릇들이 갑자기 무너져 내리는 것 같았다. 첫 생각은, 아직 입주도 마치지 않은 사료 실장의 개인 연구실에 그가 어떻게 나타났을까였다.

다행히 K의 시선은 창밖에 묶여 있었다.

K는 아직 나를 알아보지 못한 것이 분명했다. 과거 습관으로 볼 때 낯선 사람을 만나지 않으려고 밖에 서 있는 것이 분명했다. 그렇다면 K와 눈이 마주치지 않아야 했다.

얼핏 본 K의 겉모습은 전과 달라진 것이 없어 보였다. 껑충한 키에 웨이브가 진 머리카락을 뒤로 쓸어 넘겨서 제법 세련된 모습이었다. 3년 전처럼 어딘지 80년대의 느낌이 나는 그런 후줄근한 복장이 아니라 개량 한복을 입고 있었다. 외모만 봐서는 말을 더듬거리나 대인기피증을 앓고 있는 사람 같지 않았다. 건강한 30대 중반이었다.

시선이 마주치지 않도록 거의 훑다시피 한 신문을 다시 뒤적거리다가 실장에게 전화를 걸었다. 신호음은 가는데 받지 않았다. 막연해지는 순간이었다. K는 유일한 출구를 가로막고 있었다.

K를 처음 만난 그날도 어쩌면 상황은 비슷했다. 신생 소프트웨어 업체의 인수합병이 결정된 뒤라 마음은 홀가분했다. 인수합병 추진단에서 각자의 부서로 복귀한 다음 날이었다. 성공적인 인수합병에 대한 보상으로 다음 월례 조회에서 팀장으로 승진 발령이 날것이라는 언질을 받은 다음 날이었다. 회사는 구조조정과 인력 재배치로 시끄러울 때였다. 노조는 파업 중이었다. 그런 혼란 속에서 들은 승진이라 휴일인데도 회사에 나와 인수합병에 따른 인력 재배치 계획을 마쳤다. 인력 재배치는 의외로 쉽게 끝났다. 인수 기업 직원들에게 벌인 퇴출 압박이 통해서 사표를 낸 사람이 예상보다 많아서였다. 그러니 노조의 구조조정 반대에도 대응한 셈이었다.

인재관리실은 오후가 됐어도 곳곳에 직원들이 앉아 있었다. 조용히 사라져야지 하는 마음으로 나서는데, 출입구 고객대기실 앞에 나중에 K로 알게 된 청년이 서 있었다. 그가 왜 그곳에 서 있는지, 누구와 만나기로 하고 친절하게 인사하는지 조금 의아해하면서 지나치려는데, 가까이 간 나에게 다시 인사했다. 혹시 아는 얼굴인가 하고 살폈지만 초면이었다.

그는 심하게 더듬거리는 말투로 K라고 했다. 나는 무슨 일인지 모르지만, 평일에 보자고 했다. 그는 머리를 끄덕거렸다. 그러면서 말의 첫마디를 숨이 넘어갈 듯이 길게 끌다가 간신이 한 문장을 만들어냈다.

"그, 그러어케 마, 마아알씀 해 주우시니 가, 감사합니다."

나는 멍해지고 말았다. 말더듬이가 너무 심했다. 그런 말투로 입사 청탁이나 물건 구매를 얘기할 것이 뻔해서 서둘러 함께 나가자는 손짓부터 했다. 그러나 그는 휴일에 찾아와서 미안하다는 것인지 꾸벅 인사를 하고는 내빼듯이 사라졌다. 그것이 그와의 첫 대면이었다.

K는 며칠 후 검은 사각 가방을 든 채로 면회 신청을 했다. 나는 갓 영업을 시작한 서툰 신참이라고 생각했다. 유리 칸막이 밖 고객대기실 쪽 전광판에 신청자와 면담 희망자의 이름이 몇 번 지나갔다. 조금은 짜증이 났다.

고객대기실은 업무 방해를 받지 않도록 유리 칸막이 밖에 마련된 만남의 공간이었다. 만날 이유가 불명확하면 만나지 않아도 되었다. 그런데 다음날 K는 그 공간을 벗어나 사무실 창가에 서 있었고, 오후에는 사무실 중간에서 우두커니 나를 향해 서 있었다. 누군가 출입을 허락한 것일 테지만 업무 방해 없이 조용히 서 있기만 했다. 무엇을 묻거나 주변에서 일어나는 어떤 일에도 관심을 보이지 않았다. 오로지 나를 향해 서 있었다.

K는 어지간해서는 말을 하지 않았다. 다른 사람과의 접촉도 피했다. 마치 날마다 새로운 각오로 찾아와서는 말도 못 붙이고 돌아가는 것 같았다. 안쓰럽게 본 여직원이 빈 회의 탁자에 앉히고 차를 내주는 것을 보면서도 내버려 뒀다. 앉아 있는 모습은 무슨 참선을 하는 자세 비슷하게 등과 목선이 일직선이 되도록 곧추앉

앉고, 시선은 정면만 봤다. 갓 내무반에 들어온 신병의 자세였다.

놀림의 대상이 된 것은 순전히 그런 자세 때문이었다. 장난기 어린 직원들에게 이리 밀리고 저리 밀리다가 엉거주춤 일어나게 되면 그는 다시는 그 자리에 앉지 못하고 오도카니 서 있다가 사라졌고, 다음 날이면 다시 나타나는 반복이었다.

마지못해 경비실에 연락해서 방문을 막아달라는 부탁도 했지만, 인재개발실만 그룹 건물 옆 건물을 임대해서 쓰고 있어서 경비원도 K가 해당 층에 올라오는 것을 막지 못했다.

K는 거의 한 달이 지나도록 가방 속의 내용물을 보여주지 못하고 되돌아갔다. 나는 그사이 팀장으로 승진했고, 바빴다.

노조는 파업을 끝내고도 나와는 여전히 실랑이를 벌이고 있었다. 투쟁 현장에서 벌어진 공연 비용 때문이었다. 위에서는 다음 협상의 빌미를 확보하라는 것이었고, 노조는 분쟁 중에 노조원 동원을 위한 공연 비용은 그동안 사측에서 확인 없이 지급한 것이 관례라고 우기고 있었다.

K는 내가 바쁘다는 것을 알았는지 늘 멀찌감치 서 있었다. 인재개발실의 명물이 되어 있었다. 사내에서 K 얘기를 빼면 싱거울 정도였다. 누가 뭐라 하던 눈만 껌벅거리면서 말이 없으니 아무나 K를 데리고 놀았다. 그런 과정에서 말이 만들어졌다. K의 가방에 청탁 선물이 들어 있을 가능성이 크다는 것이었다. 뒤이어 녹음기와 감시카메라일지도 모른다는 말이 돌았다. 가방에 작은 구멍이 뚫려 있다는 것이었고, 사무실 내부를 숨김없이 촬영해서 중계하

느라 연기를 하고 있다는 말도 돌았다.

K를 아무렇게나 대하던 직원들의 태도가 돌변했다. 모두가 일에 집중하는 모습을 보였고 K의 가방 속을 더욱 궁금해했다. 나역시 서서히 K에게 다가가 말을 붙이는 상황이었다. 처음에는 차를 같이 마셨고, 그다음 날에는 점심을 같이했다. 그 과정에서 알아낸 것은 K의 가방에는 청탁에 필요한 물건이나 감시카메라 같은 것은 없었다. 그가 횡설수설하는 말을 요약하면, 낯선 환경이 힘들고 이해하기 어려웠지만 이젠 믿음이 생겼다는 것이었다. 마치 물건을 팔 자신이 생겼다는 말처럼 들렸다.

K의 가방을 연 사람은 인재개발실 상무였다. 평소 이런 일에 무관심해 보이던 상무가 평소와 다름없이 사무실 이곳저곳을 돌다가 갑자기 K가 들고 있는 가방을 빼앗아 들었다. 직원들조차도 예상하지 못한 일이었다. 상무는 뺏은 가방을 사무실 바닥에다 내팽개칠 기세로 높이 쳐들었다.

K는 사색이 되어 두 손을 내저었다. 어눌하게 말을 더듬는 사람이라 일이 다급해지자 두 팔을 휘두르면서 얼굴이 뒤틀렸다. 가방을 던지기라도 한다면 무슨 일이 벌어질지 모를 상황이었다. 그동안 무슨 연극을 했을 거라는 가정과는 확실히 달랐다.

가방은 그런 우여곡절 끝에 열렸다. 상무는 속을 열어 보이는 조건으로 가방을 건넸다.

K는 가방을 건네받고도 한참 동안 호흡을 가다듬었다. 뭐가 그리 두려운지 이마에 땀까지 흘리면서 떨리는 손으로 가방을 열었

다. 그러다 보니 가방을 여는 그나 그곳에 모인 사람들이나 거의 똑같이 긴장해서 지켜봤다. 그 끝에 본 것이 비둘기였다. 눈망울이 까만 흰색의 비둘기가 어쩌면 땅에 내팽개쳐졌을지도 모를 자신의 처지를 아는지 모르는지 밖을 향해 머리를 갸웃거렸다.

K는 비둘기의 안전이 궁금했던 듯 안도하는 한숨과 함께 환하게 웃었다. 비둘기는 K의 어깨 위로 날아올랐다가 다시 머리 정수리에 앉았다가 가방 위로 내려앉았다. K는 서둘러 비둘기를 가방에 넣고 닫았다.

"아니 비둘기잖아?"

상무는 너무 의외라는 듯이 말했다. 거기에 집중된 모두의 표정이 그랬지만 나 역시 의외이기는 마찬가지였다.

"후, 후운련을 바, 바든 비, 비둘깁네다. 또, 또옹도 가, 가려서 누, 눕습네다."

K는 심하게 더듬거리는 말투로 예사 비둘기가 아니라는 점을 강조했다. 상무는 다소 단호했다.

"이 사람 당연한 소리만 하고 있네. 훈련받은 비둘기면 당연히 그 정도야 하겠지. 그런 비둘기라면 아무에게나 팔면 그만이지 굳이 홍 팀장만 찾으니 말이 많았잖아!"

상무의 말에 그곳에 모인 모든 사람이 함께 웃었다. 누군가는 사람 한번 제대로 골랐다고 했다. 누군가가 스키너는 여덟 마리의 비둘기를 굶겨서 유명해졌다고 했다. 누군가는 전서구로 쓰면 좋겠다고 했다. K는 손만 내저었다.

직원들은 장난스럽게 값을 궁금해했다. 어이없는 일은 그가 부르는 값이었다. 더듬거리는 말투로, 백이십칠만 원이라는 것이었다. 직원들이 인터넷에서 10만 원이면 산다고 하자, K는 더듬거리는 말투로, 원가가 그렇고 비둘기는 그냥 준다고 했다.

그날 원가와 비둘기를 그냥 준다는 말을 따지는 사람은 아무도 없었다. 나는 비둘기도 들고 다니면서 팔 수 있는 고가의 상품이라는 점에 놀랐다. 나중에 안 사실이지만 경주용 비둘기는 몇억 원을 호가했다. 나는 사주면 끝날 일이라 생각했다. 그런데 다른 직원이 먼저 사줄 것처럼 값을 흥정했다. 그는 지금까지 주저하고 어눌했던 모습과는 달리 아무에게나 팔지 않는다는 것이었다. 모여 있는 직원들의 시선이 더욱 장난스러워졌다.

"어떤 사람에게만 파는 겁니까? 뭐, 인정이 없거나 독하고 희망이 없는 한심한 사람입니까?"

"일은 잘하는데 인간성이 엉망인 사람이겠네요?"

"아니지 뭐니 뭐니해도 잘릴 염려 없는 철밥통 아닐까요?"

"맞네, 국회의원 백이면 누가 감히 목을 만져?"

직원들은 재미에 빠져서 평소 하고 싶었던 자신들의 얘기를 쏟아 놓고 있었다. 나는 머리끝까지 화가 나 있었다. 툭하면 국회의원으로 있는 외삼촌을 거론하는데, 능력으로 입사해서 나름으로 열심히 일했다. 밤낮없이 일해서 얻은 성과가 K의 몇 마디에 물거품이 되고 있었다. K는 여전히 아니라는 듯 손을 흔들고 있었다.

"그럼, 뭐요?"

상무가 물었다.

"애, 얘는 함께 온 치인구고 희, 희마앙입니다."

그는 바보가 분명했다. 결국은 비둘기를 팔자는 수작인데 팔 대상이 나뿐이라고 외치고 있었다. 공자 시대에는 비둘기가 존경의 표시로 최고의 선물이었으니 그럴듯하게 포장을 했으면 상황이 달라질 수도 있었는데 그는 그런 말주변은 없었다. 나는 치밀어 오르는 화를 가까스로 참았다.

"거리에 넘쳐나는 것이 비둘긴데 이 비둘기만 희망이란 말입니까?"

나는 냉정한 목소리로 물었다. 그는 울상이 되어 손을 흔들다가 말했다.

"앤, 앤, 북에서 데려온⋯."

"이봐요. 북에서 수입한 비둘기는 더 별납니까? 말도 안 되는 소리 집어치우고, 이거 얼마에 줍니까?"

나는 사주지 않으면 우습게 될 상황이라는 것을 간파하고는 지갑을 꺼내 들면서 물었다. 그러자 그는 또 손을 내저었다.

"쎄, 쎄, 쎄일, 아닙니다! 비, 비둘기를 파아는 것 아, 아닙니다."

그곳에 모인 사람들이 한순간에 웃음을 쏟았다. 입사 동기인 박 과장이 나섰다.

"홍 팀장 세일은 하지 않는대. 이 친구 희망을 생각해봐?"

"맞아 사람 상태도 그런데 원가는 쳐 줘야지."

어이가 없었다. 나는 그곳의 분위기가 싫었지만, 애써 냉정함을 유지하고 있었다. 화를 억누르고 최근에 병원에 다녀오신 적이 있느냐고 물었을 때, K는 태연하게 치유 치료를 받고 있다고 했다. 그때야 그곳에 모인 사람들은 슬금슬금 자리로 되돌아가서는 쑤군거리고 킥킥거렸다. K도 화난 얼굴로 서둘러 사라졌다.

다음 날은 가방 외에 둥글게 말은 종이를 담는 통을 하나 더 들고 나타났다. 한숨이 절로 나왔다. 직원들이 K를 가운데 두고 값을 흥정하고 있었다. 계속 값을 올려 부르는 흥정이어서 누가 보더라도 장난인데도 그는 땀까지 흘리면서 안절부절못하고 있었다. 값은 두세 배가 올라가 있는데, K는 정해진 설계 원가만 받게 돼 있다고 말했다.

"우리도 알아 당신이 정직하고 설계는 다른 사람이 했다는 거. 그게 누구야? 사장님이 병원에 계시니 홍 팀장에게 전해주라고 한 거야? 해고자 리스트 원가가 그렇대?"

"그만들 둬! 그게 말이 돼? 홍 팀장 그만 끝내지?"

평가 팀장이었다. 일순 사무실 안에 침묵이 흘렀다. 그는 무척 신중한 사람이었다. 직원들은 슬금슬금 자리로 되돌아갔다.

나는 약에 취한 사람처럼 미리 준비히고 있던 돈을 건넸다. 그리고 비둘기부터 날려 보냈지만 날아오른 비둘기는 그의 어깨에 다시 날아내렸다. 상관할 일이 아니었다. 사장이 해고자 명단을 그렇게 비상식적으로 전달하지 않는다는 것을 증명하기 위해서라도 K가 모든 것을 그대로 들고 나가도록 내쫓고 말았다.

다음날 주차장 입구에 K가 검은 가방과 종이 두루마리를 들고

서 있었지만, 차로 들이받을 것처럼 위협을 주자 질겁해서 달아난 다음에는 나타나지 않았다.

사장은 다음 날 나를 병원으로 불렀다. 보자마자 짜증부터 냈다.

"게시판에 이게 도대체 무슨 소리야? 홍 팀장 사장 비둘기 되기를 거부하다. 내가 언제 자네더러 내 비둘기가 돼달라고 했나? 인사팀에 앉혀 놨더니 내 이름이나 팔고 있었어?"

나는 사장의 판단력이 의심스러웠지만, 변명하거나 설득할 필요를 느끼지 않았다. 비둘기를 사야 할 유일한 대상으로 지목됐다는 그 자체로 충격에 빠져있었다. 사흘 동안 자리를 지키고 앉아 있다가 회사에 사표를 던지고 나온 이후 K와는 다시는 만날 일이 없으려니 했는데 3년 만에 마주친 것이었다.

나는 신문을 넘기는데도 약간의 짜증이 베었다. 신문이 곱게 넘겨지지 않았다. 넘기고 나서도 구겨진 부분을 펼 겸 신문의 양쪽 끝을 잡고 후리면 좍하는 소리가 빈 사무실에 몇 배로 증폭되어 퍼졌다. 무슨 근거로 본사 전체를 통틀어 비둘기를 사야 했고, 그때 들고 온 종이 두루마기가 여전히 궁금했지만, 그것을 물으면 벌어질 상황에 자신이 없었다.

가방을 들지 않은 K는 태연하게 창밖을 보고 있었다. 자신이 만나야 할 대상이 아니면 거들떠보지 않은 습관은 여전한 것 같았다.

그러고 보니 K 때문이기는 하지만 나 역시 전 직장을 거들떠보지 않았다. 새로 잡은 직장은 전 직장의 경력을 살려 인수합병 전문 기업이었다. 대상기업을 물색하고 관련 기업의 정보 수집과 기업분석을 끝내고도 실행하기까지는 많은 검토가 필요했다. 무엇보다도 정보 수집은 여론과 인력이 얽혀 있는 정도까지 살펴야 해서 그야말로 은밀하면서도 정확해야 했다. 나는 잠깐 사이에 새로운 직장 사장으로부터 신임을 받았다. 외삼촌 보좌관을 통해 전화만으로도 많은 정보를 확보할 수 있었고, 고향 선배인 사료 실장의 협조도 무시할 수 없었다. 오늘 사료 실장을 찾은 것은 점심을 사면서 새 직장이 확장한 신설 법인 대표로 부임한다는 얘기를 전하기 위해서였다.

"미안해 많이 기다렸지?"

실장은 서둘러 온 듯이 말이 빨랐다. 나는 실장의 출현보다는 복도에 K가 보이지 않는 것이 더 반갑고 홀가분했다.

실장의 손에는 나갈 때와는 달리 작은 책 보따리가 들려져 있었다. 퇴직을 앞두고 공로연수를 하면서도 사료 기증자를 만나고 온 모양이었다. 실장은 빈 사무실에 혼자 놔둔 것이 미안하기라도 한 듯이 캐비닛에 보따리를 넣고는 곧장 문을 나섰다. 나는 따라 나서면서도 K가 있는지를 살폈다. 실장은 늦었으니 점심은 대충 때우자고 했다. 가까운 포장마차로 들어가 국수를 시켜놓고는 나를 빤히 쳐다보면서도 말이 없었다. 뒤늦게 그것이 실장의 오래된 습관이라는 것을 떠올렸다. 꽃을 피우지도 못하고 지는 꽃. 나는 공로연수 중인 실장을 보면서 그런 생각을 했다.

실장은 내가 새로 입사한 회사의 자문위원이었다.

포장마차 주인은 술 주문을 하지 않았는데도 술을 내왔다. 가져온 소주를 맥주 컵 두 잔에 나눠 따르더니 한잔은 실장에게 주고 나머지 한잔은 단숨에 들이켰다. 그 후 시키지 않은 안주를 주섬주섬 내놓았다.

"미안해 오늘 잠시 누굴 좀 만나려고 했는데 못 만났어. 이 앞 농성장을 뒤졌는데 끝내 나타나지 않은 거야. 오늘은 어떻게 시간이 난 모양이지?"

실장은 조금은 미안한 듯이 말했다.

"모처럼의 휴무라…"

"사기 치는 일에도 휴무가 있나? 누가 들으면 꽤 쓸 만한 일을 한 줄 알겠네."

실장은 가까이에서 나를 지켜본 유일한 사람이었다. 정보 분석 업무를 맡았지만 필요할 땐 인수합병 대상기업의 간부 뒤를 미행하고 사진을 찍어야 할 때도 있었다. 내가 옮긴 새로운 직장은 인수합병 기업이었다. 훨씬 비열한 방법으로 정보를 확보해야 할 뿐이었다. 실장은 내가 인수 대상기업 간부를 미행하고 불륜을 확인해서 정보를 빼내는 것을 알고 있었다. 실은 성과를 빨리 내기 위해서 개인적으로 선택한 방법이었다. 당연히 실장은 그걸 알고 있는 거였다.

"자넨 불완전변태자야. 사람은 넘쳐도 부족해도 치우쳐도 끝장인데 마음이 급한 대로 움직여. 제값을 안 쳐주고 굴복시키려니

변칙을 일삼은 거 아닌가."

불완전변태와 굴복은 나에게 딱 들어맞는 표현이었다. 나는 K에게 굴복 당하고 만 셈이었다. 심장 깊숙이 각인된 비둘기 구매자라는 낙인은 나를 조급증에 시달리게 했다. 멀쩡한 대기업을 그만두고 중소기업으로 옮겼으니 마음이 조급했다. 부도 직전의 회사에는 늘 사욕을 챙기려는 사람들이 은밀히 움직이고 있는 경우가 많았다. 정보 대부분은 그들이 제공했다. 그렇지만 그런 일을 조작한 적은 없었다. 실장은 늘 비정상적인 인수합병은 도적질이라고 질타를 했다. 사장은 다른 자문위원은 1년이면 갈아치우면서 쓴소리만 해 대는 실장을 3년째 유지하고 있었다. 나는 실장의 그 질타를 피하고자 갈수록 날렵하고 냉정해졌다. 그렇게 단련된 덕분에 회사가 10억을 투자하는 첫 창업보육사업 대표로 내가 선택된 것이었다.

"전화로 말씀드린 유리공예 조합장으로 3일 후 취임합니다. 그동안 도움 감사했습니다."

실장은 나를 지켜볼 뿐이었다. 궁금한 점도 없는 모양이었다. 그래서 K를 거론했다.

"혹, K를 만나기로 하셨습니까? 한참을 기다리다 가던데…."

실장은 핸드폰을 재빨리 꺼내 문자를 확인했다. 둘은 문자를 주고받는 정도의 사이인 모양이었다.

"못 믿을 일이군! 시위 현장을 그리 뒤져도 없더니…."

"K가 시위도 합니까?"

"K를 아나? 어떻게 알지?"

"어설픈 영업사원이더군요. 그냥 그 정돕니다."

실장은 K가 북한의 곡예단 출신이라고 말했다. 마술 공연으로
는 북에서 알아주는 배우였지만 남한에 와서는 모든 것이 엉망이
었다. 출연 관리가 스스로 안 되다 보니 마술보다는 노동을 선택
했지만, 그마저도 치열했다. 보호막이 없는 경쟁은 K를 당황하고
분노하게 했다. K가 가장 흥미 있어 하는 구경거리는 시위였다.
교통 혼잡을 막기 위해 알려주는 시위 일정을 듣게 되면 하던 일
을 놓고 쫓아다녔다. 도심 속에서 버젓이 외칠 수 있는 것을 신기
하게 여겨서 몰래 시위대에 끼기도 하고 머리띠를 두르고 단상에
올라가 특기인 비둘기 마술을 보이다가 내쳐지기도 했다. 다행히
비둘기 마술은 접고 실장의 동생 순임 씨 배려로 스테인드글라스
에 빠져들었다.

내가 알기로는 실장의 동생 순임 씨는 광주사태 이후 한국을
떠난 거로 알고 있었는데 아닌 모양이었다.

그런데 실장은 순임 씨 때문에 K와 임시 부모를 맺었다. 임시
부모라는 게 직장을 제대로 갖게 돕는 정도에 불과했다. 실장은 K
가 비둘기를 버리는 방법을 생각했다. 그걸 안 K는 집을 나가고
말았다. K가 집을 나간 지 일주일째가 되면서 순임 씨도 제정신이
아니었다.

"그놈 때문에 순임이 한국을 떠나지 않고 있는 건데…."

실장은 그 말을 하면서 술을 마셨다. 주인은 그런 실장에게 순

임이 국수를 먹고 건너편 교회로 갔다고 말했다. 실장은 호기심 어린 눈으로 포장마차 밖을 일별했다. 건너편 교회 밖에는 고가사다리가 걸쳐져 있었다.

포장마차 주인은 냉장고에서 검은 봉지를 꺼내 말없이 실장 앞에 놓고 갔다. 나는 비닐봉지 안을 살폈다. 막걸리 두 병과 북어포와 돈을 넣은 봉투가 들어 있었다.

"순임이를 데려가. 어머니 기일이고 남편과 자식 기일 아닌가."

포장마차 주인이 실장에게 말했다. 실장은 말없이 술잔을 비웠다. 광주사태로 셋이나 잃은 것은 다 알고 있었다. 실장은 인사도 없이 포장마차를 나와서는 뭔가 할 말이 있는 표정으로 나를 보다가 그만 헤어지자는 손짓을 했다.

나는 들고 있는 검은 봉지를 내밀었다. 실장은 들고 갈 의사가 없는지 손을 흔들고는 곧장 건너편 교회 안으로 들어갔다. 교회 안으로 들어가서는 설치가 끝난 스테인드글라스를 넋을 놓고 바라봤다.

여러 개로 쪼개진 색색의 유리 조각을 통해 흘러드는 빛은 교회 안을 환하게 밝히고 있었다. 실장은 그 빛에서 오래도록 뭔가를 찾는 느낌이었다. 나는 그 모습에서 앞으로 내가 해야 할 유리 공예 사업을 가늠했다. 실장의 시선에서는 어딘가로 훌쩍 날고 싶어 하는 새의 본능 같은 것이 느껴졌다. 그러다가 교회 안을 종종걸음으로 뒤졌다. 교회의 창은 모두 스테인드글라스로 마감돼 있었다. 어디든 비둘기가 있었다. 동생 순임 씨를 찾는 것이 분명해 보였지만 어느 곳에도 없었다. 나는 끈에 매달린 사람처럼 실장의 뒤를 따랐다.

실장은 교회를 나와 그의 집과 전연 무관한 방향의 버스를 탔다. 옆에 나란히 앉았는데도 창밖만 지켜보고 있다가, 불쑥 내렸다.

언덕진 골목은 거기가 끝인가 싶어서 따라가 보면 모퉁이가 있고, 모퉁이를 돌면 어딘가로 이어지는 미로였다.

골목은 초저녁인데도 비어 있었다. 실장은 그 언덕길을 잘 아는 것처럼 올랐다.

나는 아직도 이런 곳이 있었나 싶은 마음으로 실장의 뒤를 따랐다. 실장은 시야가 트이면서 시내와 한강이 한눈에 들어오는 정상에 올랐을 때야 다 온 표정을 지었다. 그리고 공터를 제법 가지고 있는 허술한 건물의 가게 마루에 걸터앉았다.

문이 열려 있는 방 안에는 아주 간단한 제사상 앞에 영정 셋이 놓여 있었다. 대충 봐도 순임 씨 어머니와 남편과 아들이었다. 실장은 방에서 나온 노인에게 대뜸 오늘 팔다 남은 막걸리가 없느냐고 물었다. 그 말을 들은 노인은 별다른 표정이나 대답도 없이 느릿느릿 막걸리와 김치를 작은 쟁반에 담아왔다.

"순임이가 보내 준 쥐포도 좀 내 오잖구요."

실장이 말하자 노인은 여전히 말없이 이번에는 창고인 듯한 곳으로 들어가서 쥐포를 가져왔다.

그러자 실장은 노인에게 먼저 잔을 채웠고 노인은 당연하다는 듯이 잔을 받아 천천히 들이키고는 잔을 실장에게로 내밀었다.

실장은 잔을 받아 스스로 따르면서 또 순임이 얘기를 했다. 일이 많아 돈도 잘 벌고 아주 바쁘다는 거였다. 노인은 눈만 껌벅거리고 있을 뿐이었다. 나는 그때야 그 노인이 이웃 마을에서 학동 아재로 불렸던 실장의 아버지라는 것을 알아봤다. 아주머니는 광주사태로 사위와 손주가 죽었다는 소식에 돌아가신 것만 알 뿐이었다. 한때 부농이었던 가세는 다 삭아내리고 없었다. 그 사연을 다 알 수는 없었다. 방 안의 영정을 다시 보니 실장의 어머니와 젊은 남자 둘이 나란히 있었다. 며칠 차이가 있게 돌아가셨지만 제사를 같이 지내는 모양이었다. 나는 재빨리 봉지를 건넸다.

"막내 순임이가 어머니 젯상에 올리라고 보낸 것이니까 잔이나 따라 놓으세요. 만날 그렇지만 짬이 나면 꼭 찾아뵙겠다고 했으니까 너무 속 타 하지 마시고요."

나는 실장의 동생 순임 씨도 50은 넘었으리라고 어림했다. 실장은 순임이라는 이름을 빼도 될 것 같은데 계속 순임이를 강조했다.

노인은 말이 없었다. 실장도 더는 말하지 않았다. 주위는 어둠이 내려 있었다. 부평까지 가야 한다는 것이 까마득하면서도 차마 떨치고 일어날 수가 없었다. 천장을 봤을 때 벌써 백열전등 주위에 하루살이 떼가 어지럽게 맴돌고 있었다.

아쉬운 시간이 타는 촛불처럼 녹아 없어졌다. 아버지와 아들의 침묵만으로도 망자들의 영혼은 위로받을 것 같았다. 실장은 망자에게 큰절을 두 번 하고 학동 아재 손에 봉투를 하나 더 건네고 자리에서 일어났다. 언덕을 내려가면서 보는 서울의 야경은 볼만했다. 불빛은 책 속의 활자처럼 깨알같이 반짝거리고 있었다. 실장은 잠시 자기만의 활자를 짜 맞추는 듯 서 있다가 혼잣말을 했다.

"저 불빛만 한 작은 꿈들이 저리도 깜빡거리는데…."

실장의 생각 속에는 많은 것이 오가는 모양이었다.

"순임인 5·18 사망자 보상 문제로 뛰어다니다가 인생 종쳤지. 상처는 시간이 지나면 아무는 것인데, 저 노인이 말씀을 안 하고 살다가 막내 얘기만 하면 한두 마디 해. 막내는 아버질 볼 면목이 없다 하고, 아버진 그런 막내만 찾아. 그런데 마주하지는 못해. 그게 극한의 그리움이라는 거야. 순임인 K를 만나면서 많이 달라졌지. K는 비둘기만 있으면 남한에서 살아갈 수 있다고 생각했나봐. 순임이는 자기가 떠나려고 한 한국에 온 K가 신기했나봐. 거기서 뭔 고리를 봤나봐. 함께 스테인드글라스를 만드는데 반드시 비둘기를 그려 넣지. 비둘기가 뭐길래."

삶은 타인에 의해서 뒤틀리고 그 뒤틀림은 거기에서 멎지 않고 어딘가로 또 이어졌다. 그 케케묵은 뭔가는 순임 씨 삶을, K는 내 삶을 짓이겨놨다. 유리공예조합에서 K를 볼 자신이 없었다.

"K는 비둘기를 조련해서 팔면 되겠군요. 남산에 있는 비둘기를 죄다 훈련을 시켜서 전서구로 팔면 유리공예 같은 것은 안 해도 될 겁니다."

같이 일하고 싶지 않았다.

"그것도 좋겠군. 하지만 K는 이미 더 큰 재미에 빠져있어. 전에는 설계를 순임이가 하고 K가 영업을 했는데, 이젠 K가 설계를 해."

"제가 K한테 비둘기 한 마리를 백이십칠만 원에 산적이 있습니다. 원가가 그래서 절대 세일을 안 한다는 바람에 한 푼도 못 깎았습니다."

"허, 혹 비둘기는 파는 게 아니라고 한 말을 잘못 들은 거 아냐?"

"비슷한 말인데, 팔지 않고 덤으로 준다고 했습니다."

"순임이가 포기 못 하는 것이 있듯이 그 녀석도 비둘기를 포기하지 않을걸?"

나는 K가 주차장에 들고 온 두루마리가 유리공예 설계도라는 것을 이제야 알았다.

아내는 골목 아이들이 툭하면 유리창을 깨 놓는다고 야단이었다. 거기에 우리 아이들이 끼어 있으니 나무랄 수도 없었다. 아이들이 클 때까지 비닐을 덧씌우고 살자고 압핀으로 눌러놓고 지내던 어느 날 유리문을 예쁘게 장식해 놓으면 아이들이 절대 깨지 않을 거라는 여자가 찾아 왔다. 아내는 발끈해서 영업을 위해 댁이 유리창을 일부러 깬 것이 아니냐고 따졌고, 그 여자는 다시는 오지 않았다. 포기를 모르는 순임 씨의 고집이라면 K를 직장으로 보냈을 수도 있었다.

"그 녀석이 확실히 비둘기는 세일하지 않는다고 했어?"

실장은 갑자기 물었다. 정확히 말해야 한다는 생각에 다시 당시 상황을 떠올렸지만 팔지 않고 그냥 준다는 것과 세일은 안 한다는 차이를 알 수 없었다. 그 말에 상기될 이유가 없었다. 불현듯, 실장도 이상한 비둘기를 품고 있다는 생각이 들었다. 교회에서 실장이 날고 싶어 한다고 느낀 것은 그래서였다.

타인의 열차

공연 2시간 전이었다. 감독과 나는 익숙하게 진열대에서 등심과 주물럭을 가져와 불판에 올렸다. 고기가 무한 리필 되는 고기 뷔페라 벌써 두 쟁반째였다.

둘만의 식사는 밤 8시 공연에 들어가기 전에 그날 할 공연을 협의하는 시간이기도 했다. 식당 안은 둘이서 4인 석을 차지하고 먹기 미안할 정도로 손님으로 꽉 찼다. 한결같이 태극기를 드러낸 사람들이었다. 태극기로 머리띠를 한 사람, 작은 태극기를 모자나 가슴의 새끼주머니에 꽂은 사람, 배낭이나 등에 진 사람, 각양각색이었다. 태극기 부대로 불리는 사람들은 어제부터 객석을 채웠다. 일부는 우리를 알아보고 손을 흔들어 보이기도 했다.

"오늘도 시국 집회가 있었던 모양입니다."

나는 상추에 고기와 마늘, 그리고 고추에 된장을 차례로 얹으면서 물었다.

"광화문 집회를 끝내고 대학로로 온 것 같습니다. 빨리 먹고 나갑시다. 얘기는 커피 마시면서 해도 되니까."

감독은 불판에 구워진 고기를 서둘러 입안에 밀어 넣었다. 공연하는 첫날부터 소주 한 병을 둘이 나누어 마셨는데 잔에 따라져 있는 소주도 입안으로 털어 넣었다.

"이 사람들이 다 우리 연극을 보러 왔겠죠?"

쌈을 입안에 밀어 넣으면서 한 말이라 끝말은 뭉그러지고 말았다.

"아마도…. 살다 보니 이런 날도 있네요. 다 상수 씨 덕분입니다."

감독은 만족스러운 표정으로 머리를 쓸어올렸다. 나는 여전히 조금은 불안했다. 감독이 찜질방 목욕탕으로 찾아와 연극을 같이 해 보자고 했을 때 나는 콧방귀를 뀌었다. 연극을 아무나 하나 싶었다. 감독은 이래도 저래도 관객이 없을 것이니 욕만 잘하면 된다고 했다. 대본 없이 그날 떠든 것을 유튜브에 올릴 예정이라는 거였고, 잘하든 못하든 일당은 20만 원 주겠다고 했다. 그런데 대박이 났다.

"쓰바, 욕에 환장하다니!"

욕에 환장하는 세상이 우스웠다.

"내 생각에 세상 돌아가는 꼴이 공공연한 욕이 먹힐 것 같더라고요. 상수 씨 욕이 카타르시스를 불러온 거죠."

"카타르 씨가 욕을 좋아했나 봅니다."

"그런 뜻이 아니고, 욕이 마음에 쌓여 있던 우울함, 불안감 따위를 해소해 줬단 말입니다."

"캬, 쓰바!"

"극단 세 곳에서 우리가 했던 주제대로 오늘부터 재공연에 들어가기로 했습니다. 하나의 주제로 하루만 공연한 것을 타 극단에서 주제만 받아서 재공연합니다. 한 마디로 대박인 겁니다."

"쓰바, 내 욕이 먹혔단 얘기네."

"내가 말했잖습니까. 첫날 유튜브에 올리는 순간 대박 조짐이 있었다고요."

대화 도중에 식당 사장이 손님 둘과 함께 왔다. 보나 마나 합석을 요청할 차례였다. 고기와 술이 무한 리필이니 불판을 같이 쓰는 정도는 문제가 되지 않았다. 공연 중에 식당을 홍보해 주는 조건으로 무료로 식사하고 있으니 그 정도 불편은 감수해야 할 상황이었다. 그런데 감독이 먼저 말했다.

"사장님, 우리가 장소를 옮기겠습니다."

사장의 얼굴에 금방 환한 미소가 번졌다. 계산대까지 따라 나와 5만 원을 내밀었다.

"다 감독님 덕분인데, 더 맛있는 것 사 드세요."

사장은 아주 흡족한 표정이었다.

"이러지 않아도 되는데…."

감독은 먹을 만큼 먹었다는 말은 하지 않았다. 돈을 주머니에 쑤셔 넣고는 계단을 내려가다 말고 나를 돌아봤다. 야릇한 눈빛이었다.

"왜요?"

나는 이쑤시개를 빼면서 물었다.

"이런 경우는 정말 처음입니다. 연극, 정말 배고픈 직업이거든
요."

"제가 뭐랬어요?"

"연극이 돈이 되는 거로 생각할 것 같아서…."

나는 웃고 말았다. 감독이 뭘 걱정하는지는 대충 알 것 같았다.
어디든 일당이 정해지면 그걸로 끝이었다. 어떤 일을 하던 사장이
얼마나 벌까를 따져본 적이 없었다. 감독이 졸라 못 이기는 척 나
왔을 뿐이었다.

감독은 때밀이를 부탁할 때도 그랬고 미는 동안에도 보들보들
잘생긴 얼굴로 이상하게 간족거렸다. 때를 밀고 간 다음 날 다시
와서 시원하게 다시 밀어달라고 했다. 마음에 안 차서 다시 온 셈
이니 자존심이 상했다. 힘을 줘서 박박 문질렀다.

"야 새꺄, 내가 껍질 벗겨 달랬어?"

에기치 않은 반응이었다.

"대그빡에 털 나고 첨 겪는 하자보수라…."

나는 혼잣말로 처음 욕을 그냥 넘겼다.

"야 새꺄, 말 그따위로밖에 못해? 네가 누워 봐. 내가 똑같이 해
줄 테니까!"

그가 벌떡 일어났다. 나보다는 열 살 이상 많아 보였지만 때밀

이 수건을 내던지고 말았다.

"에이, 개 x같이! 시버럴, 희멀건 빡대가리 주제에 삽 지랄은!"

나는 온몸에 문신하고 누워서 하는 반말에도 밀린 적이 없었다. 감독은 내가 바가지와 대야를 내던지듯이 챙기고 있을 때 웃으면서 출연 제의를 했다.

"열 받는 상황에서 딱 그러면 되는데, 우리 같이 연극 한번 해 봅시다. 때 밀면서 참은 욕이 많죠?"

"삐꾸 치지 마쇼!"

"대본도 없으니 그냥 하면 돼요. 내가 성질은 조금 건드려 드릴 테니까. 무조건 그날 주제에 맞춰서 욕만 내지르면 돼. 내가 그런 사람을 찾고 있다고 했더니 누가 당신을 추천하데."

"웃기네! 입에서 욕 뗀 지 오래요."

"우리 솔직하고 짧게 토크 합시다. 고1 중퇴 맞죠?"

"그기 욕하고 뭔 상관인데?"

"인생 고달팠다 아입니꺼?"

"다 지난 일임다. 이 일이 억수로 만족스러분데 와 욕하고 사노?"

"웃기네. 어디서 배운 사투리인데 그리 어설푸노? 사투리는 접대용인가 보제? 나도 그 정도는 한데이. 돈이 없어 영등포역 부근 월세를 찾다가 여기 찜질방 사장 만났잖은가베."

"시끄러운 철로 변은 방이 거저일 줄 알았제."

"그 덕에 여길 맡았으니 횡재한 거지. 나는 젊은 욕쟁이가 필요해. 잘하면 이번에도 횡재하는 거야."

"됐어. 이 자리 그냥 받은 거 아냐. 욕탕 관리하면서 사장님 홍보해야 해. 정말 사장님 같은 사람이 정치해야 한다. 다음에 꼭 시의원 되게 해야 해."

"그 사장이 당신을 추천했어. 낮엔 때밀이하고 밤에 한 번만 공연해보자고. 이래저래 관객이 없으니 그냥 시험 삼아 하는 거야. 그런데 옴팡 깡통이 이런 델 어떻게 차지했어? 이거 돈 좀 써야 잡는 거 아닌가?"

"나는 청년 고용이야. 대신 사장을 홍보해. 사장이 한 달에 몇 번 저녁 사주면서 세상 돌아가는 이야기를 해 줘. 우리 꼰대는 입에 소주병 물고 고함칠 줄만 알았는데 사장은 경제 문제, 노동 문제, 청년 정책에 대해서 알기 쉽게 얘기해줬어. 사장이 가르쳐 준대로 말해야 색깔이 같아진다고. 지금도 가끔 함께 저녁 먹으면서 교육받아. 듣고 보니 인생 멋모르고 살았더라고."

"됐네. 다 갖췄어. 어느 열차가 있어. 당신은 거기에 올라 계란만 팔고 내려오면 돼. 당신더러 물건을 팔라는 건 아니야. 팔리든 안 팔리든 나랑 함께 디립디 떠들면 돼. 무식할수록 좋아. 계린에 관심 있는 사람만 당신을 볼 거야. 연극무대가 열차 안인 거야. 어때? 일당은 줄 텐데 땡기지 않어? 사장도 허락한 일이고."

사장이 허락했다는 말이 마음에 들었다.

"사장님이 날 찍었다면 해야지. 무식해도 된다면 밤새 떠들 수 있거덩."

연극은 그렇게 시작했다. 무대라곤 열차 안을 연상시키는 사진 배경 하나뿐이었다.

감독은 의외로 세상 보는 눈이 있었다. 그런 눈으로 왜 허탕만 쳤는지 모를 일이었다. 사흘이 꿈속처럼 지나갔다. 어제 헤어지면서였다.

"내일은 드디어 당신 직업 얘기야. 작은 실험을 하나 추가하자고."

감독은 때밀이도 마케팅 시대라고 하면서 욕탕 밖에 〈대졸 때밀이가 정성을 다해 밀어드립니다〉라고 써서 걸어 보라고 했다. 사람들 반응을 잘 살펴보라는 것이었는데, 의외였다. 평소보다 손님이 많았다. 평상시와 다른 점이 있다면 손님이 평소보다 조금 당당했다. 대체로 반듯하게 누우면 거기 드러내는 것을 쑥스러워하는데 그러지 않았다. 사타구니 옆을 문지르다 보면 그것이 불끈서서 수건으로 가리는데 그러지도 않았다. 희한한 일이었다. 대졸한테 때를 밀면 없던 자존심이 생기는가 싶었다.

감독의 뒤를 따라 커피숍으로 들어갔다. 고기로 배를 채우고 난 뒤라 커피가 당겼다. 은은한 커피 향은 은소를 떠올리게 했다. 은소는 꽤 오랫동안 커피점에서 일했다. 지금은 콜센터에서 일하지만, 커피 향을 잘 구분했다. 은소는 향 커피인 바닐라 헤이즐넛을 좋아했다. 숍 안에서 그 향이 밀려왔다.

"익숙한 바닐라 헤이즐넛 향이네."

"개 코. 오늘은 말이야. 상수 씨가 때밀이하기 전 얘기도 좀 해 보자고. 그래야 오늘 대졸 때밀이 경험을 재밌게 이야기할 수 있을 거 아냐."

감독이란 생각할 게 많은 것 같았다. 첫날은 경제 이야기만 하자고 했다. 감독은 시작만 자기가 하고 가끔 도울 뿐이라고 했으면서 어려운 경제 용어를 많이 썼다. 알아들을 수 없으니 욕으로 뭉개면서 정부를 욕할 상황이 많았다. 기초임금 인상과 노동시간 단축의 문제를 사장이 열을 내서 말한 그대로 했다.

다음 날은 노동 이야기만 하자고 했다. 역시 이상한 질문을 많이 했다. 노총의 사회적 역할이 무엇이냐로 시작해서, 노동조합은 법에 보장된 많은 권한을 가지고 70여 개 정부 위원회에도 참가하고 여러 정당과도 긴밀하게 연계돼 있으며, 조합 출신의 유명 정치인들도 많은데 왜 불법 투쟁으로 어필하는지 그 이유를 물었다. 나와는 상관없는 일을 물으니 욕을 한 바가지 퍼부었다. 진짜 노동자인 나와는 상관없는 일이라고. 감독은 은근슬쩍 은소 얘기도 물었다.

"상수 씨, 아내는 대학 나왔다면서요. 그런데 왜 비정규직이죠? 아내는 정규직 될 때까지만 혼인신고를 미루자 했다면서요? 왜죠?"

그 질문이야말로 가장 열 터지게 했다. 은소의 말로는 콜센터 면접에서 물은 것은 세 마디였다. 왜 콜센터를 선택했느냐. 적령기인데 결혼은 언제 할 거냐. 출산 계획이 있느냐였다. 다 육아휴직을 미리 걸러내기 위한 질문이었다. 당연히 혼인신고를 미뤄야 했다.

"니기미 x 같은 세상! 시방새 삽지랄이란! 아이 많이 낳으라 고?"

그 말을 하는 동안 머리가 폭발해버릴 것 같았다. 욕이란 욕은 다 동원했다. 객석을 향해 삿대질까지 해가면서 욕을 퍼부었다. 최근 습관대로 사장의 의견도 넣었다.

"난 몰랐어. 누가 잘 돼야 우리가 편하고 배부른지. 잘 들어. 우 릴 고용한 사장이 잘 돼야 해. 사장이 돈을 벌어야 투자를 하고 보 너스를 주는 거야. 내가 이곳에 나올 수 있는 것도 사장님 덕분이 야. 쓰바, 박정희 독재 좋아하네! 쓰바, 그때는 다 정규직이었어. 최저임금 올라간다고 할 때 첨엔 엄청 좋아했지. 웬걸, 바로 그만 두라 하더라고. 다들 아직 먹고살기 힘든 거야."

"순 엉터리네! 저임금 구조에 익숙해 있었던 걸 왜 그렇게 말 해?"

누군가 객석에서 소리쳤다. 그러자 여기저기서 그 사람을 향해 모르면 가만히 있으라고 닦아 세웠다.

내가 한국에서 아예 노조를 없애야 한다고 했을 때는 휘파람을 불고 난리였다.

셋째 날 꿈을 주제로 한 시간은 욕할 일이 더 많았다. 이틀 동안 떠든 경제와 노동 문제가 꿈과 연결된 탓이었다. 고등학교 중퇴할 때의 이야기를 가장 길게 했다. 대학 입학이 목표인 교육. 경쟁만 있고 놀이가 없어서 왕따가 재미인 학교생활. N포는 거기서 출발한다고 외쳤다. 그건 피눈물 나는 일이라고.

감독은 내가 옆으로 너무 빠졌다 싶을 때만 나서서 방향을 잡아주었다. 그런 영향인지 객석은 어제부터 빈자리가 없었다. 객석의 반응은 속이 다 후련하다는 듯이 손뼉을 치면서 호응했다.

사흘 동안 한 말은 주제만 정해져 있을 뿐 나한테는 전체적으로 비슷한 얘기였다. 세상 돌아가는 문제는 거의 사장한테 들은 대로였다. 평소에 사장이 하던 푸념을 늘어놓기만 해도 사람들은 환호했다. 너무 흥분해서 떠들다 보니 무대인지 목욕탕 탈의실인지 구분이 안 될 정도였다. 목욕탕 탈의실에는 반반이 섞여 있는 것 같아서 말이 조심스러웠다면, 무대에서는 감독이 밀어주니 거리낄 게 없었다. 관객들은 마치 박수부대로 동원된 사람들처럼 내말에 호응했다. 단지, 어제 끝 무렵 객석에서 벌어진 일은 마음에 걸렸다. 한창 외치고 있을 때 객석이 소란스러웠다. 누군가 공연 도중 토해서였다. 당연히 그 주변이 소란스러웠다.

감독은 그 일을 안 좋게 생각했다. 연극의 내용이 너무 극단을 치달아서 그랬을 수도 있다고 했다. 나는 그렇게 생각히지 않았다. 내 편이 아닌 사람이 불편해하는 것까지 신경 써줄 필요가 없다는 생각이었다. 사장님과 한편이 된 이상 상대편을 까부순다는 생각뿐이었다. 단지, 객석에서 토한 사람이 얼핏 긴 머리를 찰랑거리는 여자여서 은소 같았다. 늘 피곤에 절어 지내서 연극을 보러 왔을 턱이 없었지만, 그래도 모를 일이었다. 은소야말로 불만이 하늘을 뚫을 지경인 사람이었다. 마주 보고 있는 편의점에 알바를 할 때는 자주 마주쳤어도 나는 은소를 사장 딸로 봤고, 은소는 나를 사장 아들로 봐서 아는 척도 안 했다. 나중에 서로 알바인 것을 알고 가까워졌다. 차이라면 나는 바닥 인생을 각오해서 그날그날의 불만을 털어놓은 편이라면 은소는 늘 더 큰 사회 구조를 탓했다. 투덜대는 상대가 달라서 어울릴 수 있었다.

막상 동거를 시작한 뒤부터 싸움이 잦았다. 정규직 될 때까지만 혼인신고를 미루자고 한 것은 은소인데 지금 와서는 그것을 불안해했다. 몇 년 더 기다려도 달라질 것 같지 않다는 말이었다. 그런 걱정을 왜 하느냐고 하면 다툼이 됐다. 은소는 내가 찜질방 때밀이가 된 다음부터 이상하게 변했다고 했다. 나는 세상을 이제야 제대로 보고 있다고 우겼다. 찜질방 사장을 만나기 전은 생각하고 싶지도 않았다.

은소도 찜질방 사장이 마음 써 준 것에는 동의했다. 기찻길 옆의 방이라 소음은 심해도 보증금 오백만 원에 월 사십만 원은 거저였다. 그 사십만 원조차도 때밀이로 번 돈으로 내는 것이니 고마워는 하면서도 불안해했다. 그러면서 회사가 내거는 콜 응대 최다나, 무 민원 최장기 사원 같은 실적을 쌓으려고 기를 쓰고 덤비니 늘 파김치였다. 그런 사람이니 연극을 보러 왔을 리 없는데도 신경이 쓰였다.

"오늘은 드디어 상수 씨의 때밀이 얘기네."

감독은 커피를 마시면서 말했다. 직원이 우리를 알아보고 한쪽 눈을 찡긋 감으면서 놓아준 과자를 커피에 찍어 먹으면서였다.

"마지막 날 하기로 한 정치 얘기를 오늘 할까요? 사람들이 때밀이에 무슨 흥미를 느끼겠어요."

"그렇지 않아요. 오늘은 벗고 하는 욕을 기대하고 있을 겁니다. 유튜브 예고에 '때밀이, 사라진 자의 귀환'이라고 했으니 많이 궁금해할 겁니다."

"사라진 자의 귀환이라뇨?"

"상수 씨가 귀환자죠. 오늘은 때밀이를 하기 전후의 상황이 어땠는지, 그동안 때 밀면서 일어난 에피소드를 이야기하는 식으로 갑시다."

"욕을 조금 줄일까요? 객석에 토하는 일을 걱정하는 것 같던데…."

은소는 워낙 욕을 싫어했다. 욕 때문에 토하는 것은 싫었다.

"나야 그렇지만, 왜, 걸립니까?"

"캑, 그럴 리가요. 아이 얘기를 한 뒤였잖아요."

"아이 문제도 얘기했어요? 진행만 생각하고 있어서…. 아이 깆고 싶으세요?"

"나는 때밀이로 안정됐어도 은소는 아니죠. 회사가 육아휴직을 싫어하니까."

"상수 씨만 N포에서 벗어나셨네. 신문은 봐요?"

"아뇨."

"책은요?"

"갑자기 왜 이래요. 무식 그만 떨라는 거예요?"

"그냥 물은 거예요. 상수 씨는 보수와 진보 어느 쪽이예요?"

"시시하게 왜 이래요. 당연히 보수죠."

"보수가 뭔데요?"

"캑, 아 씨바! 경제를 튼튼히 하자는 거 아녜요?"

"진보는?"

"뭐, 같이 나눠쓰자지! 그게 쉬워요?"

"돈이 아니고 기회 같은 거면요. 공산주의와는 아주 다르죠."

"쓰바 어느 정도까지는 투자해서 일자리를 만드는 게 정답이죠."

"그래서 계속 자기 것만 키우면요? 상수 씨도 자영업 하실 거예요?"

"내 주제에 무슨! 떡고물이라도 떨어지겠죠. 내가 목욕탕 때밀이를 계속한다든지 뭐 그런….."

"목욕탕 때밀이가 그렇게 대단해요?"

"학벌 안 따지고, 안정된 직업이죠. 알바조차 없어 봐요. 정말 암담해요."

"그렇게 해서 얼마 버는데요."

"먹고살 만한 중산층이죠. 각자 조금씩 저축해 나가기로 했어요."

"저축할 만하면 중산층인가요? 좋겠네. 나는 마이너스 통장 가지고 사는데."

"이번처럼 객석을 꽉 채우는데도요?"

"하도 안 되니 유튜브에 올릴 용으로 생각한 건데 먹힌 거요. 오늘은 분위기를 반전시키는 의미에서 내가 때밀이용 침대에 누워 약을 많이 올릴 겁니다. 이제 느낌을 아셨을 테니까 알아서 치고 나오세요. 알았죠? 사실, 너무 입을 맞추는 것도 재미없어요."

감독의 표정은 대충 입을 맞췄다는 표정이었다. 우리는 커피숍을 나와 소극장을 향해 걸었다. 이제 긴장조차 되지 않았다.

감독은 오늘은 물을 뒤집어쓰는 날이라 그런지 분장도 대충했다. 아직 시작 전인데 사무실 입구에 놓인 자루를 들고 소극장 무대로 가 무대 중앙에 났다. 객석도 무대도 조명이 반만 들어와 있어 어두웠다. 그런데 무대 벽면에는 내가 열심히 때 미는 영상이 보이고 무대에는 목욕 침대가 놓여 있었다. 바닥에는 비닐이 깔려 있고 그 위에 양동이와 세숫대야 같은 것이 있었다.

"저런 영상까지 언제 찍었어요. 미리 관심을 끄는 거로는 괜찮네요."

감독은 대꾸 없이 객석을 지켜봤다. 객석은 꽉 차 있었다. 감독은 그게 안 보이는지 오른손을 퍼 이미에 붙이고 객석을 살폈다. 나는 낮게 "만석이네요"라고 했다. 감독은 엉뚱하게도 "뭐? 누가 오기로 돼 있다고요?"라고 했다. 아주 작게 한 소리인데도 앞 좌석에 앉은 몇이 킥하고 웃었다. 천장 마이크가 켜져 있는 것 같았다.

감독은 그런 나를 말끄러미 보더니 주변을 맴돌면서 킁킁거렸다. 이내 얼굴을 찡그렸다. 나는 물끄러미 서서 그런 감독을 봤다.

"괜찮은데…. 뭔 냄새가 난다고 그래요?"

여전히 낮게 말했다. 그때 느낀 거지만 마이크는 확실히 켜져 있었다.

"객석에 몇 놈이 섞여 있어서 그래 새꺄. 야, 나부터 좀 밀어."

감독이 깐죽거린다고 하더니 시작하기 전부터 거슬리는 말투를 썼다. 갑자기 바지를 홀라당 벗었다. 빨간 팬티에 양말은 알록 달록 줄이 들어가 있다.

"시작 전에 준비해 놓자는 거예요, 뭐예요?"

바지를 벗은 채로 무대에 불이 켜지면 어쩌려고 이러나, 하는 걱정이 일었다. 감독이 대답하지 않으니 장난기가 발동했다. 감독의 바지를 발에다 걸어 축구공 차듯이 문 쪽으로 내찼다. 바지가 나뒹굴 듯이 굴러가 처박혔다.

"허, 잘한다. 감독 바지를 발로 차네. 얀마, 그거 어디서 배운 버릇이야?"

감독의 말은 너무 크게 들렸다.

"마이크 켜져 있어요."

"그래 새꺄. 내 얘긴, 내 껍질인데 왜 발로 걷어차냐고 새꺄!"

희멀건 얼굴에 '새꺄'하니 징그러웠다. 감독은 내 표정과 상관 없이 들고 온 자루에서 주섬주섬 막대를 꺼내 그것을 팬티 안에 넣고 끈을 허리에 묶었다. 영락없이 거시기가 서 있는 모습이다.

"뭐 하는 거요, 시방!"

나는 재빨리 두 손을 펴서 거기를 가렸다.

"냅 둬! 때 밀면 가끔 이렇게 되는 사람 있다며?"

감독의 퉁명스러운 말에 나는 뻘쯤해서 손을 내렸다. 객석 이곳저곳에서 킥킥거렸다. 감독은 상관없었다.

"여러분, 여기서 때 안 밀어본 사람? 없쥬? 열차 안에 놓인 침대가 뭐 신기하다고 왔겠슈. 이런 장면이라도 보려니 해서 왔겠지. 때 밀자면 옷 벗을 건 다 알고 왔을 것인게, 이건 서비스유. 내가 이러고 저 침대에 누울 거로 생각하니 조금 웃기네. 야가 팬티 입은 사람을 거부하면 워찌 해야 될라는지….."

"벗어야지!"

객석에서는 미리 연습이라도 한 듯이 함성이 터졌다. 감독이 나를 봤다. 나는 관객의 말에 맞장구를 치듯이 고개를 끄덕거렸다.

"미친놈, 벗으라고?"

감독은 벗으라면 정말 벗을 태세였다. 관객들이 더 난리를 쳤다. 감독은 시작한 것 같았다. 알아서 치고 나오라고 한 말이 이런 상황을 두고 한 말인가 싶었다.

"쓰빌, 학교에서는 시작종이 있고, 사랑에도 눈빛을 주고받는디, 지 혼자 시작해 불었구마 이!"

나는 투덜거리면서 옷을 벗어 감독의 옷이 놓인 곳으로 내던졌다.

"보기 좋네. 껍데기는 껍데기끼리 놀고 알맹이는 알맹이끼리 놀게 됐으니."

잘했다는 사인 같았다. 장난처럼 조명이 들어왔다. 근육질의 건장한 남자와 근육 없이 희멀건 남자가 서 있는 꼴이 되었다. 나는 때밀이 수건을 말아 쥐었다. 감독은 그걸 보면서 말을 이었다.

"여러분도 벗으면 나와 별반 다르지 않을 거면서 뭘 그려, 응? 겉을 보지 말고 속을 봐. 여러분은 잘 모르겠지만, 이 사람이 과거에는 엄청난 불만 덩어리였어. 학벌이 최고인 사회에서 고1 중퇴, 선생님 구두에 침 뱉고, 친구한테 삥 뜯어서 먹고 산… 알만하쥬? 맨날 싸움하고 온갖 못된 짓 다 하고 골목에 굴러다니는 깡통이란 깡통은 다 발로 차서 찌그러뜨리고, 결국 하루살이 인생을 사느라 이렇게 근육질이 된 거고, 나는 부모가 하라는 과외란 과외는 다하고 괜찮은 대학 나와 어쩌다 연극에 빠져서 맨날 적자라 못 먹어 이 모양인 거요. 근디, 이 사람이 근무하는 찜질방 사장이, 어떤 놈한테 목욕탕을 맡기고 한 6개월 교육을 했더니 완존히 달라졌다는 겨. 자랑이 하늘을 치솟기에 데려다 써 보니 이렇게 대박을 내내. 앤, 지가 뭐, 중산층이래. 들어봤더니 애인과 동거 중인데 직장 잃을까 봐 혼인신고 미루고 이제 저축을 할 정도는 됐다네. 그래서 중산층이여. 자유 대한민국에서 지가 중산층이라고 하면 중산층인 거여. 어쨌든 야가 쪼까 코팅 상태란 건 알겠쥬? 나가 오늘 그걸 벗기면 어떤 모습이 될지를 볼라고 혀. 오늘 우린 그 코팅이 벗겨지면 대박인 겨. 그때 진짜 욕을 들을 수 있을 거니께. 욕 좀 해대고 싶은 사람은 욕을 들어야 치료가 된담서? 나가 제대로 봤는지 모르겠네."

"맞어!"

객석에서 함성이 터졌다.

나는 사흘 동안 감독과 함께 연극을 해본 경험에 비추어 그가 이끄는 대로 대답만 잘해도 별 탈 없이 끝난다는 것을 알았다. 그렇지만 코팅을 벗기겠다는 말에 이상한 오기가 발동했다. 마치 목욕탕 때밀이 일을 빼앗겠다는 말 같았다. 그건 싫었다. 나는 늘 마음먹은 대로 해야 했다. 모든 싸움이 그랬고, 중퇴가 그랬고, 친구들이 문신을 강요할 때 거부가 그랬다. 요즘은 수틀린다고 끝장내는 식으로 행동해서는 안 된다는 것도 알고 있었다. 자동차 정비, 건축 잡부, 게임방 관리, 수많은 알바도 다 성질을 이기지 못해 싸우고 떠돌았다. 더는 떠돌고 싶지 않았다.

세상일은 성질대로 해서 될 일이 아니었다. 사장님 말대로 해서 잘못될 리 없었다. 어쩌면 연극 쪽 일도 계속할 수 있을 것 같았다. 감독이 이끌어주지 않아도 혼자 잘 할 수 있다는 것을 보여주고 싶었다. 감독이 목욕 침대에 뭔가를 놓고 있을 때 나는 객석을 향해 섰다.

"이 세상에서 때밀이처럼 정확한 나와바리를 가지고 있는 곳도 없제."

나는 때밀이 일이 '사'자 계의 직업임을 강조했다. 때밀이를 '세신사'라고 한다는 것으로 시작해서 때밀이의 기본인 수건을 제대로 말아쥐는 법, 미는 강도와 부위별 각도와 방향을 알려주었다. 내가 개발한 때밀이 만족도를 높이는 방법도 말했다.

"나는 때를 밀면서 일러주제. 누워 있는 동안 당신도 마음의 때를 벗겨내라고. 그건 손님이 뭔 생각을 할까 싶어 생각해낸 것인디 만족도가 높아. 함 물어봅시다. 오늘 보니 주변 식당에 좌악 태극기 부대가 깔렸든디 그게 정의의 태극기 맞제?"

객석에서 한꺼번에 '그럼 맞지'하는 소리가 나왔다.

"정의는 반드시 이겨야 써 이?"

객석은 박수와 야유와 함성이 뒤섞였다.

"야가 코팅이 야무지게 됐네. 인자 객석을 가지고 놀아. 너, 오늘은 때밀이 종류에서 안마까지 다 알켜줘야 된다 이?"

"처음부터 와 안 그랬는데? 코팅 어쩌고 해 샀든 마는!"

"다 계획이 있었다는 거지."

감독은 어깨에 두르고 온 수건으로 내 배를 치면서 말했다. 대본이 없는 연극이라 그때그때 대응을 잘해야 했다. 감독이 객석을 향해서 섰다.

"실제로 있었던 조산데, 『한겨레21』 전 편집장이 '청년 빈곤'을 취재했어요. 조사해 보니 상급학교에 진학하지 않는 초중고생이 어마어마해. 여기 그런 통계나 '노동 OTL'을 아는 사람?"

객석이 조용했다.

"청소부도 대졸인 대한민국에서 진학 포기생이 한 3, 40만 명쯤 돼. 그러니 대학을 못 나온 사람은 시급 생활을 해. 생선 자르기, 닭 공장에서 막칼 쓰기 같은 거로 살아서 세상에 잘 드러나지 않아. 그런데 야를 봐."

감독은 나를 가리켰다.

"얘는 그런 세계에서 찜질방 사장이 6개월간 열심히 코팅 작업을 해서 내놨더니 지가 중산층이라 하지 않나 연극을 대박 내내. 이 정도면 멸종위기종의 귀환 아닌가?"

객석은 박수로 응답했다.

"야들 부류는 투명 인간이 아닌데 어디에서도 잘 보이지 않고 군집해 있지도 않더라는 거지. 그래서 나는 오늘 코팅을 벗겨서 멸종위기종을 감상시켜줄 생각이야."

나는 '야'나 '멸종위기종'이라는 말이 거슬렸다.

"쓰바, 졸라 졸리게! 여기 관객이 그런 소리 들으려고 여기 왔겠어?"

"그러면? 너 보러? 진짜로 욕 들으러? 연극을 보면서 웃고 만 가면 무슨 재미~ 어 허~!"

감독은 대중가요 '타타타'를 목청껏 쏟았다. 감독은 노래도 잘했다. 감독의 생각을 알 수 없었다. 감독은 연극을 재미없게 해도 된다는 생각을 하는 것 같았다.

나는 죽이도 코팅을 벗어시 웃음거리가 되고 싶지 않았다.

"여보셔들. 첫날 경제 문제도 그렇지만, 둘째 날 노동, 그리고 어제 꿈을 얘기한 것은 절대 내 생각이야. 사장님 말씀이 절대 옳아서 그대로 말했지 절대 코팅된 입발림이 아냐."

그때 감독이 또 끼어들었다.

"코팅을 벗어야 좋은 것인데 안 그러려고 하네."

감독도 자기 고집이 있는 것 같았다. 그것이 화나게 했다.

"니기미 꼰대 병신따까리! 그래서 그게 어쨌다고?"

감독이 가슴에 화살을 맞은 표정을 짓자 객석에서는 폭소가 터졌다.

"아따, 푹 삭힌 홍어 맛이네 이!"

감독의 말에 관객이 또 웃었다.

"뷩딱, 근께 내부 둬. 그쪽을 꼴통 딸방 만들고 싶지 않은게."

감독은 반듯한 깡통에 불과했다. 찌그러진 깡통끼리 서로를 찌그러뜨리려고 하는 말을 알 리 없었다. 불쑥, 은소가 떠올랐다. 은소는 진짜 쓰레기는 피했다. 경제, 노동관, 꿈 같은 얘기를 한 적이 없었다. 그것은 나와 싸우기 싫어서이기도 하지만 피곤한 얘기에 불과해서였다. 오늘은 때밀이 얘기만 하고 싶었다.

"너 갑자기 겁먹었지? 관객에게 사색을 얹어주자는 건데 겁을 먹기는…!"

"쓰바, 그래서 뭘 보여주겠다는 건데?"

"빈곤의 냄새 조금?"

"알았어. 보여 줘 봐. 찐찌버거 안 되려면 조심해!"

"그런 말은 안 쓰는구나 했다. 찐따, 찌질이, 버러지, 거렁뱅란 거지? 거기에도 빈곤의 냄새가 스며 있네."

갑자기 다음 말이 떠오르지 않았다. 가끔 머리가 하얘지면서 아무런 생각이 나지 않을 때가 있었다. 나중에 안 사실이지만 사업을 하던 아버지가 부도를 내고 도망을 가자 어머니는 외가에 나를 맡기고 사라졌다. 나는 크면서 빈집에서 혼자 울다가 지쳐서 잠이 들곤 했다. 그것이 그때의 습관이라는 것은 한 참 커서 알았다. 그런데 초등학교 친구의 생일 파티에 갔을 때, 친구 어머니가 여럿이 모여 있는 방에서 나만 불러내 비닐에 싼 빵을 건넸다.

"이거 집에 가서 먹어라. 너 냄새 때문에 친구들이 다 울상이잖니?"

그때 방안 곳곳에는 알록달록한 풍선들이 실에 묶여서 떠 있었다. 줄을 놓으면 천정에 달라붙지만 잡아 내리면 놀이가 되었다. 한 친구가 빨갛게 부푼 풍선 하나를 들고나와 내밀었다.

"너는 이 풍선 안에 있도록 해. 그러면 냄새가 안 날 거니까."

나는 어릴 때인데도 그 녀석을 흡씬 두들겨 팼다. 그날 이후 나는 친구들 생일에 초대된 적이 없었다. '빈곤의 냄새'는 그날을 떠올리게 했다. 모든 것이 뒤틀렸다. 어릴 때였어도 오후면 식당 일을 하고 오는 할머니 몸에서 음식 냄새가 났다. 나는 그 말을 하지 않았다. 불쑥, 무대와 객석이 확연히 구분된 느낌이었다.

"갑자기 여기가 어딘지 모르겠네."

나는 푸념처럼 말했다.

"무대! 타인의 열차!"

관객이 객석이 떠나가라 외쳤다.

"이제야 알았나? 여긴 처음부터 타인의 열차였는데?"

감독의 말에 나는 목욕 침대 쪽으로 걸어가 발로 냅다 걸어찼다. 그리고는 바가지에 물을 퍼서 감독에게 퍼부었다. 감독이 가만히 서서 손뼉을 쳤다. 이내 객석 전체가 감독의 손뼉을 따라서 쳤다. 나는 객석 가까이로 가서 섰다. 그들이 한꺼번에 "우~"하는 소리를 냈다.

"니기미 스벌…! 나만 타인 같아. 감독 이리 와 봐!"

감독이 두려운 표정으로 자신의 목을 잡고 뒤로 물러났다. 내가 달구어진 불덩이처럼 보이는 모양이었다. 어디선가 "자기야, 그만 거기서 내려와!"라고 외치는 여자 목소리도 들렸다.

그때 무슨 이유인지 관객이 '와아!' 하고 웃었다. 휘파람도 불었다. 너무 열렬한 호응이라 뒤를 보니 감독은 혼자 마이클 잭슨의 문워크를 하고 있었다.

무대에는 문워크를 하는 감독과 그냥 서 있는 내가 있었다. 나는 생각 없이 무대에 섰어도 감독은 차근차근 나를 벗겨놓을 계획을 짠 것 같았다. 마치 이미 코팅이 벗겨져 완전히 쪽팔리게 된 것 같기도 하고, 바로 대졸 때밀이 이야기로 넘어가야 할 때이기도 한 것 같았다. 혼란스러워서 주먹을 불끈 쥐는데 턱 밑 객석에서 목소리가 들렸다.

"자기야, 됐어. 집에 가자."

은소의 목소리였다. 모자를 쓰고 객석 첫 줄에 앉아 있던 은소가 일어나 손을 내밀었다. 벗은 상태로 객석으로 뛰어들면 그것이야말로 코팅이 벗겨진 행동 같았다. 그렇게 사라지고 싶지는 않았다. 감독보다 더 멋진 노래도 불러줄 수 있었다.

"괜찮아. 거긴 이미 타인의 열차라고 했잖아. 어서 와."

은소의 다그침에야 나는 더 폼나게 뛰어내리기 위해 두 팔을 벌렸다.

석회암 지대

어둠이 쉬 내리는 산골이라고는 하지만, 8월 초에는 이곳 오정리도 해가 길고 어둠은 늦게 내렸다. 나는 초등학교로 이어지는 야트막한 언덕을 서둘러 오르다가 "쩍"하고 갈라지는 소리를 들었다. 유리가 하늘을 뒤덮고 있다가 깨지는 소리였다.

아침에 이어 두 번째였다. 비가 온 뒤였지만 석회암 지반이라 벌써 빗물조차 보이지 않았다. 어둠에 드러난 달은 희미한 구름에 가려 공백산 위에 그냥 떠 있고, 하늘과 맞닿은 공백산은 오정리의 끝을 알리는 튼튼한 경계벽처럼 검은 산 윤곽을 두르고 있다.

환청이었다. 쪼개진 소리의 흔적은 어디에도 없었다.

나는 서둘러 운동장을 가로질러서 빈 복도를 통과했다. 그랜드 피아노가 놓여 있는 교실은 교정의 제일 안쪽 산 밑이었다. 어둠은 불을 켜지 않아도 좋을 만큼이어서 나는 곧장 창가의 피아노를 향해서 걸었다. '달빛' 연주는 이번이 세 번째였다. 한 달에 한 번

보름달이 뜰 때마다 연주했으니 석 달째였다. 연주 준비를 마치고 잠시 설레는 마음으로 창문 너머의 빈 운동장을 살폈다.

교문 쪽에 경찰복을 입은 내가 서 있다. 조금 나아졌지만, 여전히 하루의 기억으로 사는 나로서는 지난 모습이 보이면 두렵다.

눈을 감고 피아노 건반 위에 손을 얹었다. 이번에는 더 완벽하게 연주하고 싶었다.

"설렘은 좋은 징조예요. 그런 감정이 기억력 회복에 도움이 됩니다."

담당 의사의 말이었다. 의사는 나에게 보이는 것, 설렘 같은 감정을 솔직하게 즐기라고 강조했다.

"요즘은 불쑥불쑥 이상한 것이 보입니다."

나는 최근의 내 감정을 의사에게 솔직하게 말했다.

"그게 단기 기억상실증에서 벗어나고 있다는 증거입니다."

나는 여전히 그 말에 확신이 서지 않았다. 쏟아지는 빗물조차 게 눈 감추듯 하는 이곳의 석회암 토질처럼 나는 여전히 어제를 기억하지 못한 상태에서 치료를 위해 몰래 차 선생을 떠올리며 '달빛' 연주를 즐기려 하는 셈이었다.

나는 그동안의 연습에서 익힌 감정대로 한 마리의 나비가 달빛 속에 날아오르기 위한 준비를 한다는 생각에 빠져들었다. 연습대로 이면 한 마리의 나비는 허공을 날아서 차 선생을 만나면 끝이었다.

상상 속에서 달이 환하게 뜬 오정리의 밤이 떠올랐다. 온통 공백산으로 둘러싸여 있어도 밭 구릉으로 이어지는 끝에 코딱지만 한 논들이 있고 그 옆을 강이 흐르고 비탈진 산자락에는 집들이 정겹게 이어지는 곳이었다. 마음의 평정이 찾아오고, 빈 운동장을 감싸고 있는 달빛을 느낄 즈음, 아주 천천히 나비가 날기 시작했다. 어둠 위에 얇은 연막을 덧씌우듯이 정교하면서도 강약이 있는 손놀림을 따라 드뷔시의 '달빛' 연주 소리가 교실 안을 채웠다.

적당한 느림, 슬프도록 잔잔한 달빛을 닮은 선율이 오정리와 마을 앞 강을 건너 먼 산 계곡까지를 더듬는 상상이 이어졌다. 나는 한 마리의 나비가 되어 은은한 달빛 속의 허공을 날았다. 그녀는 신비에 싸인 밤의 이정표처럼 아득한 곳에 머물러 있었고, 나는 그 아득함을 찾아 날았다.

나는 지난 두 번과 달리 연습하지 않은 감정이 자꾸 끼어드는 것을 애써 털어냈다. 그녀의 주위를 맴도는 것은 어디까지나 나비인데도, 감정연습을 위해서 떠올린 그녀의 눈과 코와 입술이 느껴졌다. 그동안 수집한 나비가 모두 날아오르는가 하면, 오늘 C와 차선 위반으로 실랑이를 벌인 기억도 자꾸 끼어들었다. 완벽한 연주를 위해서는 악보만 생각해야 했다.

나는 2년을 오로지 '달빛' 악보를 외우고 리듬과 감정을 익히는 데 매달렸다. 물론 오로지 한 곡만을 연습했기 때문에 비슷한 난이도의 다른 곡을 연주할 수 있는 건 아니었다. 의사의 처방대로 나를 가르친 피아노 선생은 나의 연주를 작은 기적이라고 했다. 단기 기억상실증 환자가 전곡을 외워서 리듬과 강약을 전문가 수준에 맞춘 것을 강조한 말이었다.

전화는 '달빛'의 마지막 소절 연주를 마치고 교실에서 잔향조차 사라지는 침묵의 순간을 풀벌레 소리가 채우고 있을 때 걸려왔다. 전직 교장인 박 사장이었다.

그의 전화는 연주에 만족해 있는 감정을 한순간에 허물었다. 오정리 사람 중에 유일하게 지난 기억이 조금 남아 있는 사람이었다.

"성공, 우릴 도우러 온 교수에게 나한테 하듯이 했더구먼!"

박 사장은 뜻밖에도 한 시간 전에 딱지를 끊은 C를 두둔하고 있었다.

박 사장은 툭하면 내가 원칙에 근거해서 오정리 사람에게 끊은 범칙금을 대신 내고 그 영수증을 내게 내던지는 사람이었다. 그는 "실적을 채우기 위해서 끊는 딱지는 나한테 한 거로 끝내!"라고 한 뒤로 그런 이상한 행동을 보였다. 그렇지만 나는 실적을 위해 법을 어기지 않은 사람에게 딱지를 끊은 적이 없었다. 내 기억하는 기간이 하루뿐이라 경찰 업무를 계속하려면 내 메모지에 적힌 원칙에 충실할 수밖에 없었다. 그는 유일하게 나한테 대드는 사람이었고 나도 이상하게 그에 대한 기억이 유일하게 조금 남아 있었다.

내 짧은 기억 속에는, 땅이 척박해서 말도 조용조용하게 하는 오정리에서 내가 유일하게 그를 교장 선생님이 아닌 박 사장이라 부르는 사람이었다. 교장에서 퇴임하고 마을 공동의 '콩장 마을' 대표가 됐으니 사장이라고 부른 것인데, 그는 불쾌감의 표시인지 나를 '오정리 뼁대', '섶공, 섶족'이라 했다. 뼁대는 이곳의 강물이 오랜 세월 깎아 만든 절벽이라는 뜻이고, 섶은 풋나무를 빗댄 말이니 뼁대든 섶이든 좋은 말은 아니었다.

박 사장과 C의 위반은 공교롭게도 장소만 다를 뿐 위반 상황이 비슷했다. 박 사장은 신호 위반 상황에서 교장 행세를 하려고 했다.

"한적한 마을 앞에 신호등을 설치해 놓고 마을 사람을 상대로 딱지를 끊는 게 말이나 되나? 부모도 기억 못 하면서 어째 딱지 끊는 것은 안 잊어? 커피 마시면서 반성해!"

박 사장은 만원을 내밀었다. 뇌물공여죄에 해당한다고 알려줬는데도, "정신 차려!"라고 큰소리쳤다. 나는 만원을 뇌물공여 증거금으로 접수했고, 그는 재판을 통해 벌금 50만 원의 처분을 받고 사표를 냈다. 그 후 지구대를 찾아올 때마다 한복 마고자의 단추에나 쓰일법한 투명한 황금색의 호박을 내게 들어 보였다.

그 호박 속에는 작은 곤충들이 송진에 굳어 있었다. 그건 언젠가는 나를 기어이 곤충처럼 가둬버리고 말겠다는 의지처럼 보였다. 나는 단기 기억상실증에도 그 기억은 쉬 지워지지 않았다. 호박에 갇힌 곤충처럼 숨이 막히는 악몽에 시달렸다. 그 끝은 하늘이 유리처럼 깨지면서 벗어났다. 그러고 보면 오늘 두 번의 환청은 박 사장과 관련이 있었다. 하루의 기억만으로는 박 사장 같은 사람을 상대할 수 없었다. 기억 치료는 박 사장 때문에 시작한 것이기도 했다.

"오늘 일이니 알겠지. 차 교수는 이곳 토질에 맞는 콩의 생산성 확대와 석회암 지대에서 자생하는 멸종위기 야생식물 조사를 돕는 사람이야. 붉은점모시나비 보호나 엉겅퀴 불법 채취 방지 캠페인까지 도와주고 있잖나. 그런 사람을 한적한 시골길에서 함정 단속으로 구속했다니 말이 되나?"

박 사장은 내 기억을 환기할 목적인지 설명이 길었다. 다행히 나는 악보 전곡을 외울 정도로 기억을 되찾고 있었다. 불법에 대해서만큼은 확실히 해둘 필요를 느꼈지만, 그렇게 되면 연주 후 감정을 다 망쳐버릴 것 같았다. 참을 생각이었다.

"지구대에서 보시죠."

"명백한 함정 단속이지. 차선도 제대로 보이지 않는 한적한 시골길에서 차선 위반이라니!"

박 사장은 여전했다. 교직을 그만두고도 토질에 맞는 작물을 개발하고, 공백산 모시나비 서식지 보호와 오정리 앞 강의 치안, 그리고 폐광촌의 질서유지까지 간여했다. 멸종위기종 붉은점모시나비를 보호하기 위해서 공백산 진입을 막고 있을 때, 이를 어긴 등산객을 붙잡고 있을 때도 사진이 필요한 잡지사 기사라면서 풀어주라고 했다. 이제 오정리 사람은 어떤 딱지에도 순응하는데 박 사장은 그렇지 않았다. 지겨운 존재였다.

"저는 원칙을 지킵니다. 봐줄 일은 하지 않습니다."

나는 차갑게 말했다.

"에끼! 오늘에 코를 걸고 사는 이 오정리 뺑대 섶족아! 땅은 메

말라도 인정은 넘쳤는데 에잇, 이 뺑대!"

화가 잔뜩 나서 전화를 끊었다. 하루의 기억으로 살아가는 것을 한껏 짓이기는 소리였다.

나는 정확히 언제부터 어제를 기억하지 못하는지를 알지 못했다. 기억이 없으니 기록으로 나의 과거를 살피는데, 기록상으로 나는 서울에서 태어나 서울에서 자랐고, 본적지로 돼 있는 이곳 정선으로 자원해 와서 폐광 부근의 폐광촌에 자리 잡았다. 경쟁을 피해서 지방 근무를 신청한 것인지, 취미를 좇아 온 것인지는 알 수 없다. 집에 수집된 나비가 가득하고 채집이 금지된 붉은점모시나비가 있는 것으로 봐서 붉은점모시나비 채집을 위해서 이곳으로 왔을지도 모른다는 생각이 들 뿐이다.

기억이 없으니 이력 관리를 철저히 했다. 기억 치료를 하면서부터는 주변 사람의 호칭을 기억하기 위해서 성이나 약칭을 사용했다. 그날그날의 기억에 의존해서 산다는 것은 메모리 없는 컴퓨터로 작업하는 것과 같았다. 박 사장도, 5년을 오간 식당의 김 사장도, 성만 안다는 것을 눈치챈 사람은 없었다.

나에겐 '우리'라는 개념이 없었다. '우리'를 강요하는 사람은 박 사장뿐이었다. 나는 박 사장이 '우리 오정리'라고 할 때마다 '우리'가 애매했다. 내 눈에는 다 혼자였다. 확실한 실적만이 나를 보호해 줄 수 있었다.

이력서를 볼 때마다 나의 잊힌 과거에 대해 전혀 궁금하지 않은 것은 아니었다. 군 복무 기간을 빼도 대학을 6년 만에 졸업했고, 졸업 후 3년이 지나서 경찰직 공무원에 합격했다. 주민등록초본에 기록된 마지막 주소지를 찾았더니 서울 외곽의 쪽방촌이었다. 부모의 지원이 끊겨서인지, 자립을 선택한 것인지는 알 수 없었다. 일기에 '간절히 원하면 된다. 하루만 기억하자'라는 글로 어림하건대 기억은 1년에서 한 달, 한 달에서 열흘, 그리고는 하루 단위로 줄었을 것 같았다. 폐광촌에 모여 있는 일명 '섶족'의 습성도 비슷했다.

그들은 막장 인생을 살았다. 취직을 위해 도시를 전전하다가 조용한 곳을 찾는다는 핑계로 이곳에 와서는 외부와 담을 쌓고 지내면서 화려한 비상을 꿈꿨다. 그럴듯해 보이지만 실은 남몰래 거듭된 좌절을 곱씹고 있었다. 모두 지난 기억을 까맣게 잊은 것처럼 살았다. 이곳에 오기 전에 무엇을 했는지 물으면 잊은 건지 잊힌 것인지 알 수 없게 행동했다.

나는 그들이 언제라도 이상한 일을 벌일 수 있는 부류로 봤다. 그들을 모두 약어나 번호로 관리했다. 32번은 이곳에 온 지 열흘 만에 면접을 보고 온 시실을 기억하지 못했다. 이느 날부티인가는 이틀 전을 기억하지 못했다. 그 윗집의 47번은 내일을 말하는 법이 없었다. 모두가 식당의 메뉴판처럼 바라는 목표를 벽에 붙여두고 있을 뿐, 현실은 그들에게 어떤 새로운 일도 일어날 것 같지 않은데도 희망의 끈을 놓지 않고 있었다.

나는 그런 폐광촌 사람을 보면서 내 기억 단위를 확대할 필요를 느꼈다. 나는 어떤 이유에선지 가족에는 관심이 없었다. 폐광촌 사람을 오래 관찰할수록 그들과 전혀 다르지 않다는 것을 알았다.

그들에게 목표만 있듯이 나도 그랬다. 대부분 조용히 들어왔다가 홀연히 떠났는데, 나도 오정리를 떠나게 되면 홀연히 떠나 아무 기억할 일이 없을 것 같았다. 기억을 치료하면서야 그게 꽤 충격적인 일로 받아들여졌다.

내 기록에 의하면, 7번은 유일하게 와자하니 호들갑을 떨고 떠난 고시 합격자였다. 고시에 합격하고 거의 6개월이 지나서 폐광촌에 고급 스포츠카를 끌고 나타났다. 그날 약혼 자랑을 하고 떠났고, 다음 날부터 폐광촌은 21번 여자의 술주정으로 조용할 날이 없었다. 21번은 7번을 기어이 죽이고 말겠다고 별렀다.

박 사장은 폐광 주변의 돌과 야생화를 뒤지는 습관 때문에 거의 매일 나와 마주치면서 누구에게랄 것도 없이 "이놈의 석회암지대!" 했다. 나는 폐광촌보다 '석회암지대'가 더 안 좋게 들렸다. 아무것도 쌓을 것이 없는 곳이었다.

나는 폐광촌에서 산다는 이유만으로 지금도 박 사장으로부터 아침이면 빵과 우유 하나씩을 받았다. 그들과 다르다는 생각에서 빼달라고 했지만 무시당했다. 이사도 생각했지만, 방안을 가득 차지하고 있는 나비 표본을 옮기는 것이 귀찮아 떠나지 못했다.

내가 단기 기억상실증을 치료하기 위해 병원을 찾았을 때, 의사는 나와 같은 사람을 많이 봐온 것처럼 사랑한 여자를 떠올려보라고 했다. 내가 사귀는 여자가 없어서인지 온통 나비만 떠오른다고 하자, 의사는 나비에서 느끼는 아름다움을 이성에서 찾아보라고 했다. 나는 도리질을 했다. 코발트블루의 푸른색과 금속성 광택이 돋보이는 모르포 나비보다 아름다운 여자가 있을 리 없었다.

의사는 내 기억 속에 온통 나비로 가득 차 있는 것을 확인하고는 한숨을 쉬었다.

"가장 최근에 본 이성을 떠올려보세요."

"없습니다."

"음악 치료로 선택한 날 내게 한 말이 있는데 기억해 보세요."

"기억이 안 납니다."

"도움을 드리자면, 오정초등학교 차 선생 어쩌고 했는데, 기억나는 것 없어요?"

"없습니다."

"그날은 차 선생이 자신이 아끼던 그랜드 피아노를 이곳 오정리까지 기어이 가져와 교실에 놓은 날이지요. 자기 것은 절대 포기하지 않는 게 '섭족'의 특징이라고 하셨죠? 기왕이면 그날 그 여선생이 연주한 곡으로 연습하고 싶다고까지 했어요."

"기억 안 납니다."

"여기는 석회암지대라서 빗물을 받아 두려는 시설을 많이 봤을 겁니다. 기억 관리도 마찬가집니다. 기억하려는 의지가 단단해야 합니다."

나는 결국, 내가 아닌 한 마리의 모르포 나비가 차 선생을 찾아가는 방식으로 연상하면서 악보를 외우기로 했다. 나비가 날기 시작하고 그 끝에 차 선생이 보이면 성공하는 것이었다.

치료 초기에는 의사의 지도만 따랐다. 드뷔시의 '달빛'을 듣고 나비가 나는 연습을 했다. 어느 날 내가 어렴풋이 나비가 날기 시작했다고 했을 때 의사는 나를 피아노 학원으로 보냈다.

나는 '달빛' 연주를 듣고 나비가 나는 연습과 그 나비가 차 선생을 찾아가는 연습을 집요하게 했다. 연상 연습은 너무 많은 나비로 인해 감정 조절에 어려움을 겪기도 했다. 내가 그녀의 실제 얼굴을 기억하지 못한 것이 문제가 되기도 했다.

의사는 그녀를 실제로 보고 연주도 직접 들을 기회를 마련했다. 그 방법은 방안에 쌓인 나비 표본을 오정초등학교에서 특별 전시하는 것이었다.

그녀는 식전행사로 기꺼이 연주를 맡았다. 놀라운 것은 의상이었다. 그녀는 나비전시회에 나비 드레스를 갖춰 입고 등장했다. 가슴이 거의 다 드러나 보이는 나비 드레스는 사람이 더 화려한 나비 같아 보일 수 있다는 것을 보여주었다. 그녀는 집중되는 따가운 시선에도 아랑곳하지 않았고, 나는 연주를 끝낸 뒤 그녀의 피아노 옆에서 기념 촬영을 하는 동안 처음으로 가슴이 두근거렸다. 그 두근거림은 정말 낯설었다.

나는 그날 붉은점모시나비를 설명하면서 알이 항 동결 물질 때문에 영하 48도에도 얼지 않고, 애벌레는 영하 28도에도 견디지만, 애벌레가 기린초 잎만 먹기 때문에 멸종위기가 됐다는 설명을 했다. 아이들의 흥미를 끌기 위해 메모를 읽는 동안 그녀가 나비에 대해 기울이는 관심과 표정에 숨이 막힐 지경이었다. 나는 그런 감정의 변화로 그날 이후 연상 연습이 한결 쉬워졌다.

'달빛'은 시간이 지날수록 나를 지배하는 감정이 됐다. 연상 연습 덕분인지 최근에는 안개 속처럼 기억되는 것이 늘었다. 그런 것들은 정체를 알 수 없는 감정들이었다.

나는 학교를 나와 내리막길을 걷다가 머리에 떨어지는 비를 맞았다. 지나가는 비인지 후드득 쏟고 끝났지만, 가슴에서 이상한 통증을 느꼈다. 그곳은 학교로 오를 때 '쩍'하고 하늘이 갈라지는 소리가 들렸던 장소였다. 비가 오면 안 될 이유라도 있는 것 같고 마음 한구석에 알 수 없는 감정이 있는 느낌이다.

그곳을 지나서 지구대와 가까워지자 C의 얼굴이 다시 떠올랐다.

C는 작은 유치장에 갇혀서 비웃었다. 창살을 잡은 손에 힘이 너무 들어가 부러질 것 같았다. 이상하게도 그 장면 말고는 아무것도 떠오르지 않았다. 하루도 아니고 30분 전의 기억이 가물거린다는 두려움 때문에 나는 서둘러 지구대를 향해 걸었다. 기억 단위가 하루가 아니고 30분으로 줄어들지도 모르는 상황이었다.

나는 하루 정도는 기억하고 살고 싶었다. 지금까지는 잠을 자지 않으면 이틀이 하루처럼 기억됐지만 30분이면 둘을 묶어봐야 한 시간이었다. 나는 지난밤 무던히도 잠을 자지 않으려고 애쓰다가 쪽잠을 잔 것까지는 기억했다. 그렇지만 왜 잠을 자지 않으려고 했는지는 기억나지 않았다.

다행히 '콩장 마을'의 간판을 봤을 때 기억이 잡혔다.

동료 경찰과 점심을 먹는 자리에서 박 사장과 C가 나누는 대화가 들렸다. 둘은 석회암지대에서만 보이는 몽고뽕나무와 산분꽃나무, 왜솜다리는 희귀 북방계 식물로 이곳은 마지막 빙하기에 남하했던 북방계 식물의 피난처 역할을 하고 있다고 얘기했다. 석회암 토질은 건조해서 수분을 요구하는 식물들의 성장을 더디게 하다 보니 식생의 변화가 늦춰져서 강계큰물통이나 둥근잎개야광 같은 희귀종도 이곳에서는 볼 수 있다고 말하고 있었다.

"잘난 체하기는!"

나는 속으로 외쳤다. 잘난 체하는 사람은 병적으로 싫었다. 박 사장과 비슷한 사람이라는 혐오가 일었다.

나는 식당을 나와 곧장 오정리에서 정선으로 넘어가는 하늘재로 차를 몰았다. 함께 탄 동료 경찰은 묵묵히 앉아 있었다. C가 서울로 가자면 하늘재를 지나야 했다. C를 하늘재에서 다시 봤을 때, 그는 마치 우리의 계획을 눈치채기라도 한 것처럼 천천히 달렸다. 승용차가 배추를 가득 실은 대형 트럭과 나란히 한적한 오르막길을 달렸다. 차 안의 음악은 나이답지 않게 요즘 유행하는 신나는 노래였다. C는 볼륨을 높이고 음악에 빠져서 트럭 뒤를 따르는 순찰차를 봤다. 그렇지만 잠시 후 속도를 냈다. 지나치면서 손까지 흔들어 보였다. 한적한 시골길에서 만나는 반가움의 표시 같았다.

2차선에서 1차선을 달리는 C를 봤을 때, C는 혼자 신이나 있었다. 혼자서 호젓한 시골길을 달리는 기분이 그만인 모양이었다.

나는 서두를 필요가 없다고 생각했다. 지금 속도라면 하늘재의 추월차선이 끝나는 지점쯤에서 트럭을 앞서가게 될 것 같았다. 순찰차에 함께 탄 동료 셋은 말없이 보고만 있었다. 달리는 동안 상부 지시는 한 시간 내에 적발실적을 올리라는 거였다. 나는 걱정하지 말라는 듯이 휘파람을 불었다.

그곳은 지대가 높아 오정리가 빤히 내려다보였다. 옆에 앉은 후배는 차 안에 장착된 전방 녹화 카메라가 제대로 작동하고 있는지를 확인했다. 말은 없어도 공동의 목적을 달성하기 위해 움직이고 있었다.

이제 추월차선이 끝나는 지점은 100m 이내였다. 운전자 대부분은 추월차선이 끝나는 곳에서의 대처 요령을 잘 몰랐다. 나는 차선을 바꿔 C의 차 뒤로 붙었다. 트럭을 추월해서 달리는 모습을 전방 카메라가 잘 잡도록 하기 위해서였다. 예측대로였다. 추월차선이 끝난 곳에 속도가 느린 트럭이 먼저 진입해 있는데도 그대로 지나쳤다. 대부분의 오르막길에서는 두 개의 차선이 하나로 합해졌다. 그런 곳에서는 먼저 진입한 차를 앞지르면 차선 위반이 됐다. C는 그것을 알지 못했다. 나는 콧노래를 부르면서 C의 차를 앞질렀다.

C를 기다린 곳은 하늘재 오르막이 끝나고 내리막이 시작되는

지점이었다. C는 짧은 거리를 우리가 먼저 가서 기다릴 정도로 천천히 달려왔다.

C는 정지하라는 손짓에도 그대로 지나쳤다. 우리는 거의 동시에 미소를 교환했다. 정지 명령 위반이 추가되는 순간이었다. C는 우리가 그를 앞질러 정지시키는 순간까지도 자신의 위반을 알지 못했다. 위반 사실을 알려주는데도 먼 나라에서 온 이방인처럼 당황해하면서 면허증을 내밀고는, 교통법규에 그런 것도 있느냐고 되물었다. 딱지를 끊는 동안에도 차선이 거의 지워져 있었고 화물차의 진행을 방해하지 않았으니 그것을 참작해 달라는 말을 두 번이나 했다. 나중에는 지도한 것으로 해달라는 말도 했다.

나는 딱지를 끊는 동안 이해는 한다는 차원에서 계속 고개를 끄덕였다. 뺑소니는 뺐다고 말하며 딱지를 건네자 C가 신음 같은 소리를 냈다. C는 지갑을 꺼내 달랑 만원을 꺼내 들었다. 나는 어이가 없어 눈을 크게 뜨고 지켜봤다. 마치 딱지를 만 원에 사야 하는 것으로 아는 사람 같았다. 상황이 너무 이상해서 머뭇거리고 있을 때 C가 호탕하게 웃으면서 내 어깨를 툭 치기까지 했다. "가다가 차나 한잔해"하고 반말로 말했다.

나는 차 안을 봤다. 동료 둘은 순찰차에 앉은 채로 나를 지켜보고 있었고 지구대장이 고개를 까딱해 보였다. 실적으로 잡아도 좋다는 신호였다. 나는 뇌물에 해당한다는 사실을 정중하게 알렸다. C는 또 웃었다.

"가다가 차나 한잔하라니까."

나는 C가 우리를 조롱하고 있다고 생각했다. 조롱을 숨기기 위해서 호의를 베푸는 척하고 있었다. 나는 넷이 만원으로 맛있게 차를 마시라는 말이 무척 웃기게 들렸다.

나는 만원을 증거물로 확보하고는 뇌물 의사를 밝혔으니 지구대로 동행해 줘야 하겠다는 말을 다소 단호하게 했다.

C는 그때도 또 무엇을 잘못했는지를 알지 못했다. 그는 뒤늦게 뇌물공여죄로 벌금을 물게 되면 문제가 된다는 것을 알고 확인서에 동의해줄 수 없다고 버텼다. 차선 위반을 순순히 응할 때와는 전혀 달랐다. 뇌물을 준 적이 없다는 C와 만원을 건네받은 것은 순찰차 카메라에도 다 찍혀 있다는 실랑이가 오갔다.

우리가 이 정도에서 서로 타협을 하자는 말에, C는 정지 명령을 어기고 100여 미터 이상을 진행한 것이 무슨 죄에 해당하는지를 알지 못했다. 40킬로 이하로 달리면서 차선 한번 변경한 적이 없는데 차선위반죄로 묶은 것부터가 잘못이라고 우겼다. 책상까지 쳤다. 책상을 치는 것은 공무집행 방해에 해당한다는 것 역시 알지 못했다.

공무집행 방해를 언급했을 때, C는 긴 한숨을 쉬고는 말이 없었다. 용서를 빌어도 부족할 판에 침묵으로 일관했다. 유치장에 넣어 반성의 시간을 갖게 할 수밖에 없었다. 어디까지나 현행범이었다. 유치장에 들어가면서도 C는 피식 웃었다.

나는 낯익은 길을 걸으면서 산 위로 훌쩍 떠 오른 달을 봤다. 산

등성이는 온통 성벽처럼 둘러 서 있어도 달은 희망처럼 둥그렇게 떠 있었다.

하지만 지구대 입구에 들어서는 순간, 빈 유치장이 한눈에 들어왔고, 후배 당직자가 한가롭게 TV를 보고 있었다. 나는 혼란에 빠졌다. 유치장이 비어 있는 이유조차 기억이 잘못된 게 아닌가 싶었다. 전곡을 외워서 연주한 뒤의 만족감이 무너지기 직전이었다.

다행히도 나를 본 후배 동료가 종이를 흔들어 보였다. C가 불법을 인정하고 서명한 진술서였다. 나는 그 말을 듣고 우쭐했다. 만족에 젖어서 피아노 건반을 두드리듯이 손가락으로 책상 위를 스쳤다.

"이제 시간 되지 않았어요? 사랑을 쟁취하셔야죠?"

나는 손짓을 멈췄다. '사랑'은 생경한 단어였다. 엄격한 행동 탓에 후배 경찰들은 내게 농담하지 않았다.

"왜요. 또 기억이 없어요? 어제 최우수 경찰 표창을 받은 뒤에 간 뒤풀이 노래방 말입니다."

"내가 표창을 받았어?"

"그 상은 순전히 박 교장 덕분이잖아요. 범칙금을 백 프로 내주니 타게 된 상 말입니다."

기억에 없었다.

"어제 차 선생을 노래방에서 만난 거 아시죠? 둘이 강가를 걸었는데…."

"강가? 차 선생과 둘이?"

"그 후 함께 학교로 갔잖아요."

술을 입에 댄 날은 모든 것이 엉망이었다. 차 선생과 둘이 강가를 걸었고 학교로 갔다는 말이 믿어지지 않았다. 나는 상황을 떠올리려고 안간힘을 썼지만 허사였다. 이럴 때는 단기 기억상실증의 한계를 실감했다. 중요한 약속이 있는 날은 잠을 자지 않아서 모면했지만, 어제는 술을 마셨고 쪽잠을 잔 탓인지 기억에 없었다. 오늘 연주만 신경 썼다.

나는 자리에 힘없이 앉았다. 얼마나 지났을까. 핸드폰이 울렸다. 박 사장이었다.

"나조차도 널 봐줄 수가 없다! 그러니 학교에 갈 필요 없다!"

그는 여전히 화난 목소리였다. 뼁대, 섶죽 하는 말도 없이 전화를 끊었다. 가뜩이나 막연해 있는데 황당했다. 학교에 갈 필요가 없다는 말의 의미를 알 수 없었다. 이미 학교에 다녀온 뒤여서 더 황당했다.

"구애의 유일한 도구를 누가 부수겠답니까? 빨리 교실에 가보셔야죠?"

후배는 전화 속에서 외치는 소리를 들은 모양이었다.

"구애의 유일한 도구라니?"

"오늘 차 선생을 위해서 드뷔시의 달빛을 연주한다면서요."

"다녀왔는데 아무도 없던데?"

"아직 이른 시간이잖아요."

"그것을 박 사장이 어떻게 알고?"

"글쎄요."

박 사장은 온갖 일을 간여하니 홧김에 피아노를 부숴버리겠다고 전화한 것 같기도 했다.

서둘러서 학교 운동장에 다시 들어섰을 때 놀랍게도 맨 끝쪽 교실에 불이 환히 켜져 있었다. 나는 정신없이 교실로 뛰었다. 그리고 교실에 들어서는 순간 초저녁 어둠 속에서는 보지 못했던 광경에 놀랐다.

교실 뒤 벽면에는 풍선 아치와 함께 '차미주 우리 결혼하자!'라는 글자가 붙어 있고, 교실 중앙에는 빔프로젝터가 놓여 있었다.

그녀는 나비 전시장에서 본 의상을 차려입고 피아노 앞에 앉아 있다. 나는 그 광경을 지켜보다가 동료들과 교실을 꾸민 생각이 얼핏 떠올랐다. 잠이 들지 않으려고 애쓰다가 설핏 잠이 든 것도 그때야 느껴졌다. 그래도 빔프로젝터를 놓은 기억은 없었다.

그녀는 나의 출현을 아는지 모르는지 연주를 시작했다. 드뷔시의 '달빛'이었다. 그녀가 연주하는 '달빛'이 더 애잔했다. 나는 오랜 감정연습 때문인지 빠르게 연습 된 감정 속으로 빠져들었다.

하지만 연습 된 감정대로 날 수 없다. 늘 시작은 아득함을 향해 날았는데 그녀가 눈앞에 있으니 날 수 없었다.

나는 답답한 마음에 책상 위에 놓인 빔프로젝터의 스위치를 눌렀다. 순간 그녀의 교사임용 날의 동영상이 보였다. 그 동영상에 내가 나왔다. 나는 전혀 다른 감정 속으로 빨려들었다. 언제인지도 모를 기억이 뒤엉켰다.

그녀는 기쁨에 넘쳐 있고, 낯선 남자가 그녀를 향해 걸었다. 그녀는 내가 아닌 낯선 남자를 향해 웃었다. 낯선 남자는 장식품처럼 놓여 있던 피아노에 앉아 '달빛'을 연주했다. 연주를 마치자 그녀는 감격에 겨워서 피아노 앞에 앉았다. 행복한 얼굴이다. C가 그런 그녀를 포근하게 안았다. 나는 C가 그녀의 아버지라는 사실에 놀랐고, 내가 밖으로 뛰고 있는 것에 더 놀랐다.

뛰면서 생각하니 나는 나비를 쫓아 온갖 산과 들을 누볐다.

혼란 속에서 의사의 말이 들렸다.

"이건 자기 최면이 굳어진 겁니다. 얼음 속에 갇힌 억제된 감정은 봄이 오면 풀리게 돼 있으니 조급할 필요 없어요. 얼마나 힘들었으면 기억력을 줄였을까."

조금 안심이 되려니까 다시 그녀가 끼어들었다.

"기대가 있었지만, 이제 오정리를 잊으라는 아버지의 말을 따르기로 했어요."

그녀를 보고도 날 수 없는 이유가 기기에 있었다. 이제 마을 앞 강가를 걸으면서 그 말을 들었다. 나는 술김에 엉뚱한 말을 했다.

"그 피아노는 놓고 왔어야 했어."

"바보! 그날 피아노를 친 사람은 네가 임용 기념으로 사준 피아노를 연주하기 위해서 온 유명 피아니스트야."

나는 그 말에 이상해지고 말았다.

"내일 교실에서 볼 수 있어?"

"내일? 내일이라고 했어?"

나는 '내일'이란 말에 놀라는 그녀의 표정에 가슴이 미어졌다. 그게 뛰면서야 보이고 들렸다. 내가 호박 속 곤충처럼 갇히기 위해서 검은 유리 벽 같은 공백산으로 뛰어가는 중인 것도 똑똑히 알 수 있었다.

"바보, 뺑대 서!"

나는 등 뒤에서 들리는 그녀의 외침에 섰다. 마침 초저녁 환청을 들었던 곳이었다. 그렇지만 돌아볼 자신이 없었다. 그때 '쩍'하는 소리가 다시 들렸다. 기억의 묶음이 터지는 소리 같았다. 그때야 오정리의 튼튼한 경계벽 같던 공백산이 달빛에 무너져 내렸다.

쇠똥구리와 마네킹

서울역 앞은 인파로 붐볐다. 트럭을 길가에 주차하고 계단 위를 봤을 때, 마네킹 셋을 설치할 장소에는 이미 행위예술가가 길거리 퍼포먼스를 하고 있었다. 에스컬레이터를 타고 내리면 되는 곳이다. 지난번 행사장과 같은 곳이어서 마음에 걸렸다.

　벌거벗은 마네킹을 어깨에 메고 행사장에 올랐을 때 행위예술가는 춤추는 동작으로 멈춰 있었다. 오른손은 파나마 햇을 붙잡고, 왼손은 허리에서 뒤틀려 있고, 다리는 스텝을 밟고 있는 것처럼 멈춰 있다. 원색의 줄무늬 옷에 목도리는 목 위로 뻗쳐 있고, 풀어헤친 상의 옷자락은 휘날리듯 표현돼 있다. 누가 봐도 신나게 춤을 추다 멈춰 있는 모습이다. 하지만 한낮의 서울역을 오가는 사람들은 총총히 지나칠 뿐이다.

　이벤트 감독은 구면이라는 듯 손을 들어 보였다. 감독은 옮겨 놓은 마네킹 세 개에 옷을 다 입힌 다음에야 다가왔다.

"배치도대로 놓아주시면 됩니다."

지난번 일이 떠올랐다. 감독은 결제를 핑계로 그들의 퍼포먼스에 나를 써먹었다. 또 당할 수는 없었다. 또 당하지 않으려면 미리 못을 박아 둘 필요가 있었다.

"왜요?"

감독이 물었다.

"저번처럼 또 그러는 거 아니죠? 예술 한다는 분들이 그게 뭡니까?"

"그 덕분에 모델료도 받고 유명해지셨는데 뭘? 일단 배치부터 하시죠."

모델료는 일이 끝난 뒤에 별도로 준 10만 원을 말했다. 이번에는 마네킹이 셋이니 전과 다를 것 같은 생각도 들었다. 마네킹 셋은 발정 난 소처럼 이빨을 드러내고 과장되게 웃고 있었다. 셋 다 거 보란 듯이 검지를 뻗고 주저앉아 있거나 엉거주춤 일어나는 자세여서 행위예술가를 비웃는 꼴이 되었다.

나는 배치를 마치고 조금 떨어져 앉아 있는 감독을 향해 걸었다.

사람들은 퍼포먼스를 하는 사람 주변에 마네킹을 배치하자 걸음을 멈추고 사진을 찍었다. 감독은 배치가 맘에 안 드는 부분이 있는지 눈살을 찌푸렸지만, 곧 별수 없다는 표정으로 바뀌었다.

"기발하십니다. 쌩돈 들여가며 왜 이런 일을 하는지 모르지만!"

나는 설치를 끝냈다는 말을 그렇게 했다.

"이렇게라도 웃게 해야 자신이 괜찮아 보이는 사람들 덕분이죠. 중앙이 조금 뒤로 물러나야 퍼포먼스를 안 가리는데…."

감독은 그 말을 하고는 전화를 걸었다.

"보낸 설치 사진 보셨어요? 잔금은 어떻게 할까요?"

감독은 핸드폰을 귀에 댄 채로 나를 봤다. 잠시 후였다.

"알겠습니다. 그런데 전국 투어를 안 하면 마네킹 비용이 너무 아깝습니다만…, 어쩌겠습니까. 네."

그는 무표정하게 전화를 끊었다.

"조금 기다리셔야 되겠네요."

나는 전처럼 또 기다려야 하는 상황에 화가 치밀었다.

"예술 하시는 분은 다 이렇습니까? 얼마나요?"

"그쪽 사장하고 통화한 다음 전화를 준다 했으니, 그만큼요."

"우리 사장 한 번 회의하면 한 시간은 기본이에요."

"그럼 한 시간 오 분쯤?"

"두 시간이 될 수도 있어요. 중국산에 안 밀리려면 온갖 검토를 하거든요."

"그럼 두 시간 오 분."

"에이 정말! 나 저 사람 멱살을 잡아 버리는 수가 있어? 행사 망쳐도 난 몰라!"

"그럼 그러시든지. 보기 좋겠네."

나는 감독의 말투가 맘에 들지 않았다. 지난번에는 잔금을 받으려면 마네킹을 들고 사무실까지 따라오라 했다. 나는 어쩔 수 없이 한 손으로는 '쉿' 하면서 다른 한 손엔 칼을 든 험상궂은 살인 자로 분장한 마네킹을 안고 감독 뒤를 따랐다.

그날의 행위예술가는 온몸이 상해를 입은 모습으로 분장 돼 있었다. 상의를 벗었고 가슴과 목에서는 실제 피가 흐르는 것 같았다. 마네킹과 행위예술가가 만나면 공포 메시지였다.

나는 돈을 받겠다는 일념에서 그런 마네킹을 안고 서울역에서 남대문을 지나 명동으로 걸었다. 감독은 신호나 사람이 많은 곳에 잠시 멈춰 설 뿐이지만, 행위예술가는 그때마다 내 앞에서 피해자의 몸짓을 하며 행위 예술을 계속했다.

나는 퍼포먼스에 놀란 나머지 마구 욕하는 사람들을 보면서, 납품할 상품을 안고 있을 뿐이라고 설명했다. 행인들은 나에게 욕을 해댔다. 나는 결국 행인들이 적의를 드러내든 말든 묵묵히 뒤를 따랐다.

그런데 인터넷에 뜬 사진에는 내가 일등 상해 방조자처럼 표현 돼 있었다. 마네킹의 험악한 표정과 달리 나는 너무 태평스러웠다. 아무런 감정 없이 악을 저지르는 사람 같았다. 그 많은 사진 어디에도 내가 잔금을 받기 위해서 힘들게 마네킹을 안고 따라갈 뿐이라고 설명돼 있지 않고 '방조자'라고 돼 있었다.

잔금은 다음 날 받았지만, 인터넷에는 온통 그 퍼포먼스로 도배가 돼 있었다. 웃기게도 고향의 어머니로부터, "할 짓이 없어서 그런 짓으로 돈을 버냐"는 전화를 받았다. 10만 원을 받았으니 할 말이 없었고, 어머니한테 사진을 보낸 사람은 같이 근무하는 호넬이었다.

나는 오늘은 그때처럼 당하지 않으리라는 각오로 행위예술가를 향해 걸었다. 카메라에 얼굴이 노출되지 않도록 조심하면서 행위 예술을 더는 못하도록 멱살을 잡는 시늉만 할 생각이었다.

"미안합니다. 이러고 싶지 않지만, 잔금을 받아야 해서…."

나는 사진에 찍히지 않도록 얼굴을 남산 쪽으로 돌리고 말했다.

행위예술가는 아직 멱살을 잡기 전인데도 눈을 휘둥그레 치켜뜨고 겁에 질린 표정으로 두 손을 만세 부르듯이 들고 흔들었다.

등 뒤에서 셔터 소리가 소나기처럼 쏟아졌다. 놀라 뛰어올 줄 알았던 감독은 딴짓이었다.

"완식아, 차라리 두 손 뻗고 누워!"

웃기는 일이었다. 행위예술가는 감독의 말 대로 정말로 무릎을 꿇고 반쯤 누워서 두 손을 허우적거렸다. 얼굴이 사진에 찍히는 일이 없게 하려는 계획은 일시에 무너지고 말았다.

"더러운 놈들!"

난 억울한 나머지 외치고 말았다. 퍼포먼스를 망친 것으로 해서 손해배상을 청구할 생각인 것 같아 화가 더 치밀었다. 억울한 생각만 앞섰다. 두 번째 직장이었다. 배상을 책임을 지게 되면 결국, 빈털터리가 되어 고향에 내려 갈지도 모른다는 생각까지 마구 뒤섞였다.

"미리 결제해 달라는 것뿐이잖아! 나 짤리면 고향으로 내려가야 한단 말이야!"

난 필사적으로 소리쳤다. 눈물이 날 지경이었다. 생산직으로 입사하고 보니 마네킹 만드는 일은 동남아에서 온 근로자들이 주로 했다. 생산직보다는 영업하고 싶다고 사정했지만, 사장은 고졸인 나는 영업이 무리라고 했다. 상대를 설득해야 하니 제작 기술을 익히고 순서를 밟아 영업에 투입해준다는 얘기였다.

생산을 2년 정도 하면서 재고 관리도 같이해내면 영업으로 전환해 준다는 조건이었다. 하지만 말이 영업이지 배달이었다. 생산에서 벗어났을 뿐, 마네킹의 재고 관리와 납품을 같이 해야 했는데, 늘 특별 제작한 마네킹의 수금이 문제였다.

마네킹은 같은 틀에 다량을 찍어내는 방식이 있고, 작품처럼 하나의 틀에 한 개만 만드는 특별 주문이 있었다. 특별 주문은 제작의 난이도에 따라 납기와 단가가 달라서 수주는 사장이 직접 맡았다. 부가가치도 꽤 높아 고객 관리에도 그만큼 신경 썼다. 문제는 이번과 같이 납품하고 잔금을 받는 경우였다. 사장은 배달보다 잔금을 받는 것에 신경을 더 썼다. 나는 그 일을 잘 해내고 싶었다.

내가 이벤트를 망쳤다는 신고라도 받은 것인지 경찰 둘이 달려와 내 손을 붙잡았다. 행사장은 잠깐 사이에 난장판이 되고 말았다.

나는 죄가 없는 것을 몸부림치듯 외쳐야 했다. 카메라 셔터 소리는 여전히 요란했다.

"됐어. 청년 실업이 기똥차게 표현됐어."

나는 그때야 또 당했다는 것을 직감했다. 감독이 손짓했다.

"당신 이리 와 봐."

숨넘어갈 듯 난리를 친 행위예술가가 내 등을 토닥거렸지만, 나는 흥분에서 쉬 벗어날 수 없었다.

"이 마네킹이 비싼 것은 아시죠?"

비싼 것은 익히 알고 있었다. 나는 흥분이 채 가라앉지 않은 상태에서 감독이 왜 그런 말을 하는지 이해할 수 없었다. 예술가들의 머리란 도무지 상상되지 않았다.

"이번 행사는 이걸로 끝이니까, 이 마네킹을 모델료로 드립니다. 잔금은 계좌로 입금했으니 확인하시면 되고, 표정이 기대 이상으로 좋아요."

나는 그들이 떠난 다음에도 그 자리를 쉬 뜨지 못했다. 웃고 있는 마네킹 주변을 맴돌았고 우두커니 서 있기도 했다. 생각이 정말 복잡했다. 또 당했다는 생각도 들지만 신나게 웃는 마네킹이 내 것이 됐다는 생각도 들었다. 우스운 것은 그곳의 어떤 사람도 마네킹처럼 밝지 못했다. 또 한편 마네킹을 회사로 가져가면 반품된 마네킹 대우를 받을 뿐이라는 생각도 들었다. 반품된 마네킹이야말로 쓰레기에 불과했다. 낯선 사람들보다 마네킹이 더 정답게 느껴지는 우리의 바람은 마네킹을 쇼윈도에서 보는 것이었다.

마음이 야릇했다. 마네킹 셋은 그런 나를 조소하듯 손가락질까지 하면서 웃고 있었다. 마네킹을 싣고 서둘러 가봐야 둘 곳도 없었다.

나는 웃고 있는 마네킹 셋을 그대로 두고 서울역 주변의 가게들을 배회했다. 용도가 끝난 폐기물인데도 버리면 안 될 이유라도 있는 것 같았다. 지나가는 사람들이 마네킹 앞에서 사진을 찍었고, 서울역을 배회하는 노숙자들은 또 다른 퍼포먼스를 기대하듯이 여전히 마네킹 주변에 있었다.

뒤늦게 어머니가 또 사진을 받고 놀랄 생각이 앞섰다. 어머니는 전화벨이 몇 번을 울린 뒤에 받았다.

"뭔 일이냐? 무슨 일이라도 생겼어?"

"일없으면 전화 못 해? 요즘 왜 전화가 없어?"

"에미는 맨날 널 끌어내릴 궁리만 한담서?"

"누나나 형은 제쳐놓고 맨날 나만 찾으니 그렇지."

어머니는 누나와 두 형과는 달리 나만 물가에 내놓은 자식이었다. 네 남매를 키워서 하나둘 외지로 떠나보내고 나자 늦둥이 나만 집에 남았다. 농사는 어머니 담당이고 나는 말라가는 냇가에 미꾸리 웅덩이 찾듯이 늘 서울을 보고 살았다. 어머니는 고등학교를 졸업하기도 전에 뭔 고생을 사서 하려고 서울에 눈을 박느냐고 했지만, 난 기어이 시골을 떴다. 그날부터 어머니는 누나와 형들을 제쳐두고 나만 찾았다.

"엄니, 제발 나 걱정 잔 하지 말어. 다 컸는디 뭔 걱정을 달고 살어?"

"엄닌 너만 보고 잡다. 그랑께 너한테 전화하제."

"그걸 짝사랑이라고 해. 엄니, 전화 끊어야 해."

"인석아 네까짓 것이 뭔 사랑을 안다고, 여기에 먹을 것이 없어, 돈이 궁해. 에미 혼자뿐인 것을 뻔히 알서 멀라고 그 고상을 해. 고졸로는 턱도 없는 세상에!"

"엄니, 좀만 참어. 나가 돈 벌어서 여행도 시켜주고, 장가가고, 사장도 돼서 즐겁게 해 줄 것인 게. 나가 누나와 형수들한테 한 번 가보라 할게."

"냅 둬라. 누나와 형들은 먹고살기도 팍팍하다. 딸린 식구가 없는 너 말고 누가 나서기 쉽겠냐. 집이 외딸아서 밤엔 무섭다. 나이 들어 뭔 일인지 모르겠다."

나는 바로 위인 둘째 형과도 열 살 차이가 났다. 형들은 늘 아이들 때문에 못 내려가고 뭘 못한다는 소리만 했다. 그러니 어머니는 팍팍한 세상을 핑계로 나를 곁에 두려고 했다.

나는 자재관리를 맡으면서 마네킹만 가득한 창고에서 살다시피 했다. 재고 관리 뒤에는 영업을 배우는 일이 기다리고 있어서 싫지 않았다. 어머니를 생각하면 집 주변에 마네킹을 세워주면 심심하지 않을 것 같았다. 다행히 폐업한 매장에서는 약간 흠이 간 마네킹은 가져가는 것만으로도 고마워했다. 그걸 가져와 깨진 부분을 수리해서 설치하면 될 것 같았다.

나는 마네킹을 모으는 한편, 아파트 헌 옷 함을 뒤졌다. 그렇게 모아진 마네킹을 싣고 고향으로 가는 길은 흩어진 친구들을 모아 함께 가는 기분이었다. 직장 동료인 동남아 근로자와 함께 집 주변에 마네킹을 세운 날은 잔치 분위기였다. 어머니는 마네킹 설치 보다도 내가 내려온 것이 더 좋은 모양이었다.

"엄니가 세우고 싶은 델 말해봐. 인자 밤에도 안 무서울 것이여."

"인석아 말도 못 하는 것이 밤에 집 밖에 서 있는디 그게 귀신 이지 사람이여?"

어머니는 핀잔을 하면서도 마네킹 세우는 것을 도왔다.

"안 그래! 사람이 북적이는 것 같잖아. 이거 엄청 비싼 것이여."

"네 맘은 알겠다. 근디, 샀어?"

"공짜가 어딨어. 이건 그냥 얻은 것인께 걱정 말어. 나가 그만 큼 인정을 받고 있다는 것이제."

"장하다 내 새끼!"

어머니는 마네킹을 세운 이후 한동안 전화가 뜸했다. '말도 못 하는 것'이라고 했지만 정이 들었거니 싶었다. 그러나 잠시였다.

"그래도 무서워?"

나는 실망해서 물었다.

"아무리 말을 걸어도 말을 못 하는디 낫기는 개똥!"

어머니는 또 매일 밤 전화였다.

"맨날 날 찾으면 어떻게 해. 사람이다 생각하고 얘길 하는 거여. 엄니가 듣고 싶은 대로 대답도 하고 말어. 나도 창고에서 그러고 노는디 재밌어."

"너도 심심하쟈? 엄니도 그려. 걷어치우고 내려와라."

"칼을 뺏으면 무라도 자르고 내려오라 해야제 그것이 뭔 말이여? 엄니는 농사짓고 난 돈 벌고. 우리 금방 부자 되것그만."

"부자? 이놈아 시설작물만 해도 엄니 곁이 거기보다 낫다."

어머니는 늘 시설작물만 해도 서울 생활보다 낫다고 했다. 시골이 나을 수 있어도 친구가 없었다. 직장에 들어오니 시시해도 모두 4년제 대학 졸업자들이었다. 하도 이직을 자주 해서 사귈 겨를도 없었다. 결국, 동남아 근로자들이 친구였다.

"전화로 돈 쓰느니 내려오겄다. 목소리 들었으니 됐다. 끊자."

오늘따라 어머니가 먼저 전화를 끊자고 했다.

"어쩐 일이여? 전화를 끊고 싶어 할 때도 다 있고."

"호넬이 전화 했드라. 필리핀 못 가니 부이찌민하고 쩐찌민하고 같이 놀러 온다고."

"호넬이 전화했어?"

"사장이 월급 안 준다는 말도 했다. 밥 굶을 판이라고."

나는 그때야 마네킹 셋을 쉬 철거하지 못하고 서울역을 맴돌고 있는 이유가 막연히 내가 마네킹 처지인 것을 알았다.

"회사에서 밥 주고 기숙사에서 자는데 봉급이 조금 늦으면 어떻다고…."

"서울역이냐? 조금 전에 호넬이 또 너 사진 보내왔다."

"벌써?"

"이번에도 너 사진이 뜰 거라고 친구들하고 내기했단다."

"그람서 시치미를 떼고 전화를 끊자 해?"

"인석아. 어째 너는 생긴 대로냐. 쇠똥구리가 풀밭을 떠나더니 인자 마네킹까지 닮아 가냐?"

"나가 언제부텀 쇠똥구리고 마네킹은 또 뭔 말이여?"

"쇠똥구리 그것은 손으로 할 일을 발로하니 맨날 땅 재고 하늘 재기 바쁜 놈이고, 마네킹이야 아무 곳에나 세워 어떤 옷을 입혀도 어울리잖냐. 멱살잡이가 참도 어울리더구나."

"쇠똥구리야 쇠똥을 발로 굴려야할 이유가 있겠제."

"멱살잡이로 신문에 나는 게 그리 좋다는 얘기냐?"

"그건 예술인 것이여. 알지도 못하면서…."

"인석아, 얻어터질 때마다 마음 문은 닫히고 얼굴은 마네킹 닮아가는 법이다. 에미 주변에다 마네킹을 세울 생각을 한 걸 보면 안다만, 마네킹이 백 개라도 너만 하겠냐?"

"또 그 소리!"

"그려. 끊는다."

나는 '마네킹 백 개라도 너만 하겠냐'라는 말이 답답하다. 나이가 들어서 마네킹과 노는 법을 익히지 못하는 것 같은 안타까움만 앞섰다. 그 기분은 기숙사 방에 누워 있는 느낌이었다. 기숙사 방은 지하철이 지나갈 때마다 흔들렸다. 쩐찌민과 호넬은 방 안에서 뒹굴어도 말이 없었다. 지하철 소리를 듣고 있으면 고향 가는 느낌이 든다고 하는데, 나는 기숙사에서 벌어지는 일들이 맘에 들지 않아 늘 숙소를 나가 창고에 있을 때가 많았다. 거긴 숙소보다 철길이 먼 데다 창고 벽이 하나 더 있어서 그런지 소음도 덜하고 답답하지 않았다. 출고를 앞두고 세워져 있는 마네킹을 보고 있으면 위안이 됐다. 다들 자신들이 만든 마네킹이지만 창고에 쌓여 있는 마네킹을 보면 으스스하다고 하는데 난 그렇지 않았다. 나는 마네킹을 세워놓고 놀았다.

나에겐 외국인 근로자나 마네킹이나 같은 친구였다. 외국인 근로자들의 마음이 고향에 가 있을 때는 서먹하지만, 마네킹은 그렇지 않아서 좋았다.

"이달에는 정말 봉급 줘야 하는데, 우린 돈 벌로 왔잖아. 왜 봉급 안 줘?"

부이찌민은 늘 아이에게 주려고 사놓은 장난감 강아지와 놀았다. 태엽이 감긴 강아지가 걸어오면 따라서 왕왕거리다가 멈추면 다시 태엽을 감아 멀리 놓아두고 강아지를 따라 짖기를 반복했다. 고향의 아이에게 줄 장난감과 노는 것이나 내가 마네킹과 노는 것이 하등 다를 것이 없었다.

나는 마네킹을 처분하는 것이 아쉽기는 했지만, 팔리면 회식이라도 할 수 있다는 생각에 팔게 될 상황을 어떻게 만들까 고민했다. 임자를 만나려면 마네킹에 관심부터 집중시켜야 했다.

나는 쇠똥구리를 검색했다. 쇠똥구리는 은하의 별을 내비게이션 삼아 쇠똥을 굴리는 녀석이었다. 그 자세가 매력적이었다. 하나같이 앞발은 땅을 짚고 뒷발로 쇠똥을 굴렸다.

나는 쇠똥구리 자세로 마네킹의 어깨에 발을 얹었다. 그 자세를 취하자 쇠똥구리가 쇠똥을 왜 뒷발로 굴리는지 알 것 같았다.

앞발은 지구를 단단히 움켜잡고 있어야 하니까. 뒷발로 굴리는 쇠
똥은 하나쯤 놓쳐도 되지만, 목표를 정하면 주변을 살필 겨를도
없이 죽기 살기로 밀어야 하니까.

마네킹은 여전히 재미있다는 듯 손가락질하며 신나게 웃고 있
었다.

익숙한 결별

바다가 팽팽하게 부풀어 올랐다. 파도는 난바다에서 밀어대는 힘과 뒤엉켜서 머리에 허연 거품을 이고 육지로 달려오지만, 바람의 방향 탓인지 굴곡진 해안선 안에 이르면 조금씩 어깨를 낮추어 풀죽은 너울이 되었다. 해변의 피서객들은 그 너울을 타느라 외마디를 질러댔다.

나는 피서 인파가 질러대는 소리와 텐트 안에서 들려오는 가쁜 숨소리에 물만 마셔댔다. 텐트 안의 소리는 더위에 질식하는 소리 같았다. 그 소리는 해변에서 질러대는 고음의 탄성과 파라솔 아래서도 느껴지는 한낮의 더위와 뒤섞여서 갈증을 일으켰다.

"참 나, 이별 여행!"

나는 입 밖으로 튀어나오려는 소리를 물로 삼켰다. '꿀꺽'하는 외마디 같은 여운은 H와 S의 물까지 다 마신 뒤에 남았다. 사 온 물을 다 마시고 말았으니 물을 다시 사러 가야 할 판이었다. 가게는 너무 멀게 느껴졌다.

나는 H와 다시 얽이고 싶지 않아서 유학을 다녀온 뒤에 어떤 뉴스나 기사에도 내 이름이 오르지 않도록 노력했으면서도 또 얽혀들고 있었다. H를 다시 만난 것은 어떤 놀이 같은 흥미를 안겼는데 별것 아니었다.

H는 거의 12년 만에 우연히 회사 엘리베이터 앞에서 마주쳤다. 내가 엘리베이터를 기다리고 있을 때 문이 열리자 H가 나왔다. 한때 같은 집에서 살았으니 반가움과 경계가 교차했다. H는 바쁘게 내리다 말고 손을 내밀면서, "명함"이라고 말했다.

다음 날 핸드폰으로 전화가 왔다.

"책임연구원이 뭐냐? 사장 정도는 돼 있어야지. 여전히 유학 중인 걸로 알았다."

H는 내 근황을 전혀 모르고 있었다.

명함에 표시된 나의 직책은 '책임연구원'이었다. 나는 어린 나이에 대기업 사장이 어울리지 않는다고 생각해서 사장 대신 책임연구원 명함을 넣고 다녔다. 그것은 총괄 회장인 아버지의 뜻을 거스르는 반항이기도 했다.

"피서 계획 있어?"

H가 물었다. 이미 팔당댐 상류의 별장으로 마음을 굳힌 다음이었지만, 계획 중이라고 말했다. H는, "갈 곳 없는 건 여전하군!"이라고 말하고, "친구도 내 이별 여행에 끼워줄까?"하고 물었다.

나는 너무 많은 거래만 기억나서 '친구'라는 말이 낯설었다. H
는 나에게 늘 가진 것이라고는 돈밖에 없다고 했다. 그래서 돈만
뜯었다. 나는 H의 휴가 비용 전액을 부담하는 조건으로 이별 여행
에 끼기로 했다. 12년 만의 결별이 끝나고 또 거래가 시작된 셈이
었다.

차량은 운전까지 해주는 조건으로 빌리겠다고 했고, 목적지는
급할 경우 서울을 오갈 수 있는 을왕리와 무의도 주변이라고 했
다.

나는 비용과 장소는 상관없었다. 이별 여행이란 말이 흥미를
끌었을 뿐이었다. 나는 앞 좌석에, H는 S라고 소개한 여자와 뒷좌
석에 앉았다. 이별 여행이라 둘이 나란히 앉아야 한다고 했다. 기
분이 묘했다. H는 아버지의 운전기사 아들이어서 늘 앞자리에 앉
았다. 그때도 가진 것 없이 거들먹거렸는데 여전했다. 신분을 숨
겨서 짜릿한 놀이 기분은 들었지만, 나도 모르게 한숨이 나왔다.

운전기사는 한숨 소리가 너무 컸다는 것인지 라디오를 켰다.
나는 운전기사에게 휴가 기간에는 어떤 뉴스도 라디오도 듣지 않
는다고 말했다. 운전기사는 반응 없이 끄고 말았다. 정적이 무겁
게 느껴졌다. 문득, 머리 위 백미러로 S가 H의 가슴에 기대 있는
모습이 보였다. H는 시선은 밖에 두고 S의 머리카락, 뺨, 입술, 눈
언저리를 만졌다. 이별하면 잊어야 할 일일 것 같기는 했다. 이별
을 떠올리면 너무나 많은 것들이 떠올랐다. 형이 약물 중독에 빠
지면서 이별해야 했던 것이 너무 많았다. 친구와 놀이가 빠지고

온통 통제로 채워졌다.

"우리 이별 여행에 꼭 친구를 넣었어야 해? 이래서 자꾸 길어지는 거야!"

S가 말했다. 이별은 역시 어려운 모양이었다.

"신경 쓸 것 없어. 앤 지갑에 불과해."

나는 당황해서 눈을 감았다. S는 그 말에 키득키득 웃었다. 조금도 걸러지지 않는 말투는 여전했다. H는 돈이 필요할 때마다 뭔가를 가져와 내게 내밀었다. 나는 의무인 것처럼 그것을 사줬다. 그러니 틀린 말은 아니었다.

을왕리는 서울과 너무 가까웠다. 잠깐 졸았는데 해변이 시야에 들어왔다. 운전기사는 우리 일행이 근처 식당에서 점심을 먹는 사이에 해변에 그늘막을 쳐놓고 있었다. H를 보자, "텐트는 작년 그 자리에 쳐뒀습니다만…"이라고 말했다. 그늘막과 텐트를 알아서 선택하라는 말 같았다.

H는 조직의 보수 같은 표정으로 그늘막에서 멀어졌다. 텐트로 가는 것 같았다.

밀물로 가득 차 있는 을왕리 해변에는 사람들로 붐볐다. 운전기사는 시쳇말로 나를 장기의 졸로 봤다. 바다에 뛰어들 생각이 없어서 하릴없이 라면을 끓이는 것을 지켜보고 있었더니, 아내인 듯한 사람과 거침없이 통화했다. H가 사장이고 그가 운전기사인 것을 거침없이 드러냈다.

나는 사기당한 느낌이 싫어서 H가 사라진 쪽으로 무작정 걸었다. 해변을 따라 걷다가 보니 언덕진 곳에 H가 보였다. 파라솔 밑에는 선탠 의자가 놓여있고 둘은 상대의 몸에 오일을 발라주는 중이었다. 의자는 둘 뿐이었다. 가까이 가서 보니 그랬다.

"이왕 올 거면 물이나 사 오지?"

나는 멀뚱히 서 있기도 그래서 물을 사러 가면서도 삐져나오는 웃음을 참아야 했다. H는 중학교 때의 나처럼 시켜 먹고 있었다.

텐트에서 나온 H는 물부터 찾았다. 나는 H를 빤히 봤다. H는 파라솔 아래에 나뒹굴고 있는 빈 페트병 셋을 보고는 시선을 바다로 던졌다. S는 이제 텐트 문이 다시 닫힐 일이 없다는 듯 입구를 말아 올려 끈으로 묶어놓고는 이내 H의 손을 잡고 언덕을 내려갔다. 가면서도 몇 번을 돌아봤다.

"H와는 헤어진 것이 아니었군요."

약속 장소까지 차를 태워다준 김 비서가 H를 보고 한 말이었다.

"우연히 다시 만났어요. H를 아세요?"

그는 원래는 아버지 비서였다.

"늘 사장님의 하나뿐인 친구라 하면서 손을 벌리더군요. 사장님이 그걸 아나 싶어 H를 물었더니 결별 상태라고 하셨잖아요."

"그랬군요. 어머니가 집에서만 놀게 하니 늘 놀 친구를 데려오는 것은 H였어요. 어머니는 밖에 나가지 못하게 막았죠."

"형 때문에 입은 피해군요. 잃은 것은 되찾으려 하지 마세요."

김 비서는 그 말을 선물처럼 하고는 차를 몰고 사라졌다. 내가 H를 따라와 있는 동안 가족과 팔당호 별장을 대신 쓰게 돼 있으니 감사의 표시로 한 말 같았다.

"잃은 것은 되찾으려 하지 마세요"라는 말은 내 자화상과 관련이 있을 것 같았다. 김 비서가 아버지를 벗어나 나를 전담하게 된 데는, 내가 회사를 그만두고 자화상을 그리겠다고 하면서부터였다. 내 실수라면, 사장까지만 한다고 했지, 사장이 돼서 3년 후라든가 5년 후에 그만둔다는 단서를 달지 않은 것이었다. 아버지는 사장까지는 자신의 재량에 있다는 듯 초고속 승진을 시키고 사장이나 부회장이나 이름만 다를 뿐이라 하면서 부회장으로 끌어 올리려 했다.

나는 그때마다, 사람들과 섞여서 지내는 게 불편하다고 말했다. 아버지는 회의의 달인이 무슨 소리냐고 뭉갰다. 어릴 때 집 지하에 만들어 준 놀이터 이름, '국회 놀이', '법정 놀이', 'UN 놀이' 같은 것을 하고 놀아서 어떤 회의도 잘하면서 왜 그러느냐고 했다. 지금까지 받은 모든 경영수업을 활용하면 경영은 그런 놀이터에서 노는 것과 하등 다를 것이 없다고 했다. 하지만 그것은 엄격히 말해 진정한 놀이가 아닌 것을 진작 알고 있었다.

나는 아버지와 늘 매끄럽지 못했다. 사장으로 취임해서 '멘탈 업' 시간을 자주 떠올렸다. 그만큼 감정을 조절해야 할 일이 많았다. 아버지는 최근 들어 중학생 때의 '멘탈 업' 시간의 홍 선생을 상무로 끌어올렸다. 아이들이 부정적인 것은 다 어머니 탓인데 나를 홍 선생이 사람을 만들어 놨으니 그런 대우를 받을 만하다는 것이었다. 어머니와 아버지는 늘 그런 일로 싸웠다. 나는 그럴 때마다 아버지가 싫었다. '멘탈 업' 시간만 없어져도 싸움은 반으로 줄었을 거라는 생각이었다.

'멘탈 업' 시간은 혼자되는 법을 배우는 시간이었다. 특히 기억에 남는다면, 30대, 40대, 50대의 자화상을 그려보도록 권한 것이었다. 그때는 머리로 상상만 하는 거였는데, 나는 유학에서 돌아와 시간이 날 때마다 30대 자화상을 그렸다. 그렇게 하면 회사에 있는 것 같지 않았다. 놀이 같기도 했다. 주중에는 회사에서 주말에 집으로 가져와 그렸다. 문제는 내가 그린 자화상을 아무도 이해하지 못했다. 자화상이라 해도 아무도 자화상으로 봐주지 않았다. 나는 누구에게 보여주기 위한 것이 아니므로 상관하지 않았다. 나를 둘러싸고 있는 임원진은 그것을 반항으로 여겼다. 그런 억지로 아버지의 뜻을 어기지 말라는 충고를 하기도 했다.

아버지가 보낸 50대의 김 비서는, 표현이 바뀔 뿐 아버지의 말을 반복하는 녹음기였다.

"회장님은 일을 분배하자고 하는 겁니다. 사장님이 형처럼 될지도 모른다는 불안 때문에 말입니다. 자신의 목표가 뭔지, 뭘 원하는지도 모르면서 자신을 소모해 버릴지 모르니 회사 일에 집중하게 하고 싶은 겁니다."

"내가 소모되지 않으면 아버지는 무슨 일을 할 건데요."

나는 '소모'라는 말에 가슴 밑바닥에서 저항이 치밀었다. 아버지야말로 나를 소모의 대상으로 삼았고 가치관까지 뒤바꿔놓은 사람이었다. 중학생 시절 '멘탈 업' 선생과 아버지가 H의 집에서 나오는 것을 처음 봤을 때는 알지 못했다. 아버지도 '멘탈 업' 수업이 필요하나보다 싶었다. 어느 날 H는, 한 시간 후에나 집에 들어갈 수 있다면서 들고나온 장난감을 사라고 했다. 나는 이유도 없이 그 장난감을 샀다. H는 그 후 아무 때나 뭔가를 내밀었다. 찰흙으로 만든 인형, 수수깡 안경, 판자 배, 갑오징어 배 같은 것은 값을 높이 부를 수 있는 것이었다. H는 나 때문에 아버지의 비밀을 지키고 있는 태도를 보였다.

'멘탈 업'은 조용히 혼자 지내는 연습이었다. 나는 세월이 지나서야 그것이 나를 소모시킨 일이라고 생각했다. 형은 중학교부터 해외 유학으로 보내져서 대학 때는 머리에 노랑 물을 들이고 잠시 한국에 들어와도 나와 어울릴 겨를도 없었다. 이미 상습 마약 사범이었다. 아버지는 나를 형처럼 되게 하지 않으려고 혼자 지내는 정신 강화 훈련을 시켰다. 그래서 H는 내 주변에 강고한 뿌리를 내릴 수 있었다. 형이 별장 지하로 온갖 뮤지션과 친구들을 불러 연주하면서 약에 취해 있는 모습을 보고는 나에게는 혼자 사고하고 판단하게 하려고 하면서부터였다.

그 덕에 집 지하실은 나의 공간으로 변했다. 내가 원하는 놀이를 말하면 집사는 그런 놀이가 지하실에서 가능하도록 꾸며주었다. 놀이에 필요한 의상이나 소품까지였다.

H는 그때 같이 놀 친구를 불러오는 일을 맡았다.

나는 요즘 알아보기 쉽게 30대의 자화상으로 잎에 가시가 많은 빅토리아 수련을 그리고 있었다. 지름이 2m를 넘는 수련 잎에 돋은 가시와 꽃이 내 30대를 대신할 수 있다는 생각에서인데, 잎에 난 수많은 가시를 그리는 것이 그렇게 행복할 수 없었다. 그 뒤에 꽃을 그려 넣을 생각이었다. 문제는 그 꽃이 피었다 지는 시간이 워낙 짧았다. 이번 휴가 때는 그걸 사진으로 찍어서 그릴 생각이었다. 그런데 벌써 이별 여행이 별거 아닌 것처럼 느껴졌다. 갑자기 한 텐트에서 자고 싶지도 않았다. 그냥 떠나기 그래서 H를 찾아 나섰다. H는 파도가 넘실대는 물가에 있었다.

"난 가는 게 좋겠어. 휴가 기간 자화상을 마저 그릴 생각이었거든."

H는 뜨악한 시선으로 잠시 나를 봤다.

"낸 돈이 아깝지 않아? 설마, 집 지하실에 가서 혼자 놀려는 것은 아니지? 그건 내가 있어야 할걸?"

그렇기는 했다. 집 지하 공간은 아직 UN 놀이터로 꾸며져 있기는 했다. 며칠 전 각국 대사들의 복장이 중학생 크기의 키에 맞게 차곡차곡 걸려 있는 것을 감회에 젖어서 만졌었다.

그때도 H를 떠올렸다. H는 놀고 나면 자연스럽게 손을 내밀었다. 학원을 빼먹고 온 친구들에게 떡볶이라도 사줘야 한다는 것이었다. 나중에 안 것은 H는 자신에게 떡볶이를 사준 친구만 불렀다. 그들에겐 그게 별난 놀이였던 셈이다.

나는 지금도 그런 놀이는 재미있을 것 같았다. H가 내 직책을 모르니 신분을 숨기고 노는 놀이도 재미있을 것 같았다.

"그때가 좋았어. 하긴, 지금도 꾸미면 되지만…."

H도 고개를 끄덕였다.

"지금은 일당을 많이 쳐 줘야 할 걸?"

"그거야…."

나는 어떤 친구를 불러올지 그게 더 궁금했다.

"책임연구원이라도 일당 처줄 정도는 되지?"

간을 보듯이 물었다. 일당을 걱정할 정도면 규모를 꽤 크게 생각하는 거였다.

"네가 사람만 끌어올 수 있다면 여기서는 못하겠어?"

"여기에?"

H의 눈이 반짝했다. 이내 말을 이었다.

"국회나 UN 놀이도 좋았고, 법원 놀이도 좋았어…."

UN 놀이는 각국의 대표와 의상과 국기가 있어야 했다. 각국의 대표는 알아듣지 못한 말을 해도, 통역은 분위기에 맞게 말을 잘 꾸며서 해야 했다. 법정 놀이는 죄인을 마음대로 가두고 풀어줄 수 있지만, H가 늘 판사를 하려는 것이 문제였다. 국회 놀이는 어디로 튈지 알 수 없었다. 편을 둘로 나눠서 엉뚱한 법을 만들기로 해놓고 무조건 대장이 시키는 대로 반대하면 되는 놀이였다. 나이가 좀 들었으니 어느 것이든 재미있을 것 같았다. 그런 놀이라면 수련꽃을 내년에 찍어도 될 것 같았다.

"자화상으로 놀이를 삼을 수 있을까? 요즘 내 관심사이기도 해서 말이야."

"국회 놀이처럼 하면 되지. 일은 대충하고 뒷돈 받고 신나게 거들먹거리면 그게 국민적 자화상이지 뭐. 넌 돈만 대. 나머진 내가 할 테니까. 무의도가 좋겠다. 돈만 있으면 그런 역할 할 사람 쎄고 쎘다."

H는 이별 여행은 까맣게 잊고 만 것 같았다. 나는 집사에게 전화해서 놀이 시설을 부탁했다. 이틀은 바람에 날려가는 티끌처럼 빠르게 지나갔다.

무의도 공터는 축구장 크기였다. 민박집과 바닷가 중간에 있었고 바로 건너에 실미도가 있어서 물이 빠지면 다녀올 수도 있는 곳이었다.

문제는 H가 설계도를 세 번이나 변경하면서 공사가 지연되었다. 나는 집사에게 미안해서 뒤로 물러나고 말았다. 국회 본회의장을 본뜬 무대는 처음에는 의장석과 발언석 외에 의원석은 중앙을 중심으로 셋씩 몇 줄만 놓기로 했는데, H는 의원석과 방청석을 계속 늘렸다. 그것은 설계도를 변경해야 했고 방청석이 늘어나는 만큼 지지 구조도 달라져야 했다.

인부들은 집사의 지시를 따르기 때문에 변경 사항을 전달하고 시공을 확인하는 일은 꽤 바빴다. 하루를 즐기기 위해서 꽤 큰 공사가 되고 말았다.

H는 무척 바쁘게 움직였다. 공사 이외의 준비를 하는 사람도 열 명을 넘고 있었다. 무대 주변에 펜스를 쳤고, 입장권을 받는 접

수대도 만들었다. H가 유료 관람객을 받기로 혼자 결정해서였다.

5일째 되던 날 오후 무렵에야 방청석이 마무리되고 있었다. 좁혀 앉으면 족히 이백 명이 앉을 수 있었다. 더위를 피해서 놀자고 했기 때문에 전등과 마이크 시설까지 했다. 그런 시설들이 대충 마무리되자 누군가가 촬영을 시작했다. 놀이를 인터넷으로 생중계하기로 한 것도 H의 생각이었다.

나는 인터넷 중계만은 막고 싶었다. 놀이를 공개하면 형식에 구애받을 수 있었다. 중계를 막기 위해서는 H를 만나야 했다. 해변을 뒤지고 있는데 S가 텐트 입구에 앉아 있다가 반갑게 맞았다. 빼곡히 들어찬 텐트 중간쯤이었다. S는 나를 자신 옆에 앉게 했다.

"정말 흥미진진해요. 너무 재밌어요! 세상에 이런 일도 있어요, 그쵸? 전 돈과 열정이 만들어내는 감동에 가슴이 터지기 직전이에요!"

S도 이미 이별 여행을 잊은 표정이었다. H는 방송 협의차 서울에 갔다고 했다.

"나는 인터넷 중계는 하지 말자고 하려는 참입니다."

S는 그 말에 눈을 동그랗게 떴다.

"설마 농담이죠?"

"아뇨. 그건 불필요합니다."

"불필요하다뇨? 국회의원들이 어떻게 노는지 그들의 자화상을 보여줘야 한다면서 온통 난린데, 이리 큰돈을 들여서 몇 사람만 즐기는 건 좀 그렇죠."

S는 H의 생각을 말하는 것 같았다.

"지금 SNS가 난리예요. 방송 중계료와 일별 참가자 선납금만 얼만 줄 아세요? 들으시면 놀라겠네. H가 게임으로 망했다고 그렇게 쉽게 잊힐 줄 아셨어요? 사기성이 있어서 그렇지만, 추진력 하난 대단한 사람이에요."

H가 게임업을 했다는 것은 처음 들었다. S는 핸드폰을 켜서 내밀었다. 국회 놀이라는 사이트였다. 시설 설계도의 변경 과정과 완성돼 가는 무대가 올려져 있었다. 메뉴바에는 참가하기와 의견 주고받기가 따로 있고 행사 미리 보기와 광고 참가하기, 행사장 오는 길도 있었다. 행사 미리 보기에는 웹툰으로 가상 국회 놀이가 재현돼 있었다. 인사말에서 메뉴 하단의 대표 이름까지 모두 H로 돼 있었다.

내가 설치장소와 해변 그늘막만 오가는 동안, 더 정확하게는 모든 뉴스와 인터넷 검색조차 닫고 있는 동안, 난리가 나 있었다. 무대 주변에 펜스를 치고 접수대를 만든 이유가 있었다. 자기 역할 확정 받기에는, 똥물 들어붓기와 멱살 잡기, 의자 내던지기 등 참으로 다양했다. 짧은 기간 홍보에 성공한 원인은 게임 회사를 운영한 H의 노력도 있는 것 같았다. 놀이는 며칠을 계속하게 돼 있었다.

뭔가 감당하기 어려운 일을 벌여놓은 느낌이었다. 놀이가 아니고 거대한 행사였다.

"나는 매일 내 모습을 잊어야 해. 익숙한 결별만 계속되지. 우리의 삶은 누구의 것일까? 나는 매일 오늘과 이별해야 해."

병원을 찾았을 때, 형이 한 말이었다. 나는 너무 혼란스러웠다. 아버진 세상을 재미로 살지 말라고 호통쳤다. 하지만 우리는 아버지를 보고 있었다.

그런 생각 때문인지 나는 중학 시절의 '멘탈 업' 시간과 아버지를 떠올렸다. 선생은 수업에 들어가기 전에 늘 '오늘 본 것'을 물었다. '오늘 생각한 것'을 물으면 좋을 것 같은데 본 것을 말하라고 하니 혼란스러웠다.

"선생님 저는 밖에 있을 때보다 집에 있으면 더 혼란스러워요. 이제 수업을 안 해도 될 때가 된 것 같아요."

그럴 수밖에 없었다. 수업 때문에 이상한 일이 벌어지고 있었다. 아버지와 선생이 H의 집에서 나온 것을 수업 전에 봤었다. H의 집은 차고로 들어와 오른쪽 계단을 오르면 정원 끝에 있어서 비밀스럽게 드나들 수 있었다. 그렇지만 운전기사에게 내준 집이었고 H의 집이었다.

선생은 내 말에 무척 민감했다.

"집은 꿈의 중심인데 어떻게 혼란스럽다는 거죠? 성장기에는 내가 이해할 수 없는 일들이 일어나죠. 그걸 다 이해할 수는 없는 거예요. 그리고 이 수업의 중요성을 잊은 것처럼 말했어요!"

"오늘도 제 친구가 여자 친구와 키스하는 걸 봤거든요."

실제로 H가 여자 친구와 키스하는 것을 봤었다. 선생은 중학교

1학년 아이가 키스를 얘기한 충격에 싸인 것인지 잠시 생각에 잠겼다가 말했다.

"키스가 왜 혼란스럽게 한다는 거죠?"

"입을 아무하고나 맞출 수 없으니까요. 정말 어려운 일 같아요."

나는 말을 작게 했다. 아버지 일을 항의하는 것으로 듣지 않았으면 했다. 선생은 말없이 서 있었다. 단정한 미모에 몸매도 날씬했지만, 어딘가 사색적인 인상이라 침묵이 어울렸다. 그런 사색적인 분위기는 어머니와는 정반대였다. 형이라면 나처럼 말하지 않았을 것 같았다.

"나는 형과는 아주 다르죠. 나는 마약도 여자도 멀리할 건데 혼자 생각하고 혼자 노는 방법만 배우는 이유를 모르겠어요. 혼자 비디오나 보게 하고! 그건 이제 혼자서도 할 수 있거든요."

선생은 눈을 크게 떴다. 선생은 내게 비디오를 보게 하고 H의 집으로 가는 것도 봤었다.

"그룹의 리더는 다양한 교양을 쌓아야 하는 거예요! 형을 봐요. 형은 혼자 사색하는 방법을 몰라서 약물에 중독된 거예요. 좋아요. 혼란스럽지 않게 오늘은 체험 수업으로 가 보죠."

선생도 아버지처럼 자기 생각만 말했다. 내가 경영 승계를 거부하는 데는 선생의 역할도 컸다. 그날 나는 다소 무거운 분위기에서 선생과 마주 섰다. '멘탈 업' 시간은 무엇이든 얘기할 수 있었지만 체험 수업은 처음이었다.

당황스럽게도 선생은 옷을 벗었다. 심리학 석·박사 과정을 프랑스에서 마쳤고, 내가 조금 못되게 굴면 빠른 프랑스어로 뭔가를 말하는 습관이 있는 자존심이 강한 여자였다. 늘 원칙을 강조한 사람이 어울리지 않는 낯선 모습을 보여주고 있었다.

나는 그런 태도야말로 정말 혼란스러웠다. 가르쳐야 한다는 사실과 수업을 계속하겠다는 신념 때문인 것 같았다. 선생은 당황한 내 앞에 팬티와 브래지어만 남기고 섰다. 중학생을 아이로 보는 실수였다.

"멘탈 업의 핵심은 실상과 허상을 구분하고 낯선 것에 대처하는 법을 익히는 거예요. 실상을 그냥 사진이려니 하면 아무것도 아닌 것으로 치환이 되죠. 이리 가까이 와 보세요."

나는 얼굴이 화끈거렸다. 선생의 생각을 알 수 없었다. 처음에는 이러지 않아도 될 텐데 하는 사소한 생각이 여러 개의 의문을 끌고 왔다. 수업이 없어지면 아버지와 연결고리가 없어지는 것이니 선생이 당황한 것으로 생각되었다. 그런 사소한 생각은 나를 아주 낯선 곳으로 이끌었다. 이상한 상상은 작은 양의 설탕이 커다란 솜사탕이라는 부피를 갖는 과정처럼 빠르게 부풀려지면서 돈의 힘, 직업에 대한 욕망이 부풀려지는 것 같았다. 가까이 가기도 전에 나는 두려움에 떨었다. 모든 감각이 한껏 부풀어 올라 숨을 쉴 수 없었다. 선생은 그런 나를 보면서 설명하기 시작했다.

나는 그날 처음으로 입체는 얇은 평면의 조합이라는 것을 이해했다. 인간은 분해될 수 있는 평면의 조합이었다. 입체가 평면으로 분해되고 나면 그 평면은 다시 선이 되고 점이 될 수 있었다. 얇은 수천의 측면이 모여서 부피를 이루는 감각의 알고리즘을 다 이해하기는 어려웠지만, 선생은 생각을 그렇게 하는 방법을 상세하게 설명했다. 하지만 그런 치환으로 아버지와 가깝게 지내는 것인가 하는 의문이 뒤따랐다.

선생은 이미 점이나 선으로 분해된 것처럼 말했다. 벌거벗은 임금님의 확신처럼 선생은 전혀 부끄러울 이유가 없는 것처럼 행동했다. 그러면서 시작이 아닌 끝이라고 생각하라는 말도 했다.

나는 선생의 표정과 손끝의 움직임, 가까이 가지 않아도 느껴지는 앙가슴의 크기까지 두렵게 관찰하고 있었다. 이별하는 장면은 상상되지 않았다. 하지만 더는 그래서는 안 될 상황이었다. 선생의 손길에 신경이 폭발하기 직전이었다.

그래서 빠르게 생각을 바꾸었다. 선생은 어느 방향에서 보더라도 부피와 입체라는 허구를 완벽하게 꾸미고 있다고. 영화의 화면이 정면을 떠나 측면에서는 볼 수 없음에도 엄청난 공간을 펼쳐 보이는 것처럼 눈을 감으면 없어지는 것이라고. 하지만 그것은 최고의 방법은 아니었다. 나는 선생이 아버지와 함께 H의 집에서 나오는 것을 상상했다. 선생은 한순간에 무수한 점으로 인쇄된 사진이 되었다.

나는 사진을 만졌다. 정말 아무런 감정이 없었다. 선생은 수업의 결과에 놀라는 표정이었다.

"대단하군요. 이해가 정말 빨라요."

나는 그날의 수업 덕분에 S가 살며시 내 손을 잡는데도 아무렇지도 않았다. 그건 더 간단했다. 그들의 이별 여행에 끼고 싶지 않다는 생각만으로 아무런 느낌도 없었다. 그때였다.

"일을 꽤 흥미롭게 키우셨습니다?"

김 비서가 다가와 있었다. 집사와 연결돼 무의도에 온 것 같았다. 내가 일어서자 S도 머쓱해서 일어섰다.

"역시 팔당호 별장이 더 좋다는 생각이에요."

김 비서를 무의도까지 오게 한 미안함 때문에 그렇게 말한 건데, S가 발끈했다.

"지금 누군 눈코 뜰 새 없이 바빠 죽을 지경인데 뒤에서 고작 그런 소리나 하는 거예요?"

S가 뭔가를 털어내듯이 앙칼지게 따졌다.

"사장님, 빅토리아 수련은 해 질 무렵에야 꽃을 피우더군요."

그건 S의 말을 가로막기 위해서라는 것을 금방 알 수 있었다.

"책임연구원한테 사장님이 뭔 말?"

김 비서는 S의 핀잔을 무시했다.

"호수에 지름이 2m나 되는 둥그런 꽃잎들이 설치 조형물처럼 떠 있는데 황홀한 향기와 함께 빅토리아 수련이 새하얀 꽃을 피웠습니다. 흰 꽃은 셋째 날 아침 빨갛게 변해 송두리째 물속으로 사라졌습니다만, 그건 고스란히 사진으로 남았습니다."

드디어 30대의 자화상을 그릴 수 있게 됐다는 얘기였다.

"고작해야 수련 얘기라니!"

S는 한심하다는 듯이 공사장 쪽으로 가고 말았다. 나는 그때야 물었다.

"왜 오신 겁니까?"

"회장님께서 놀라고 계십니다. 단 며칠 만에 온 나라를 뒤집어 놓은 마케팅 실력이 대단하다고…. H를 다루는 솜씨가 대단하다고."

"아버지다우십니다. 안 속습니다."

김 비서는 재빨리 다른 말을 했다.

"H는 이번 일이 족쇄가 될 것 같습니다."

"어떻게 한다는 얘깁니까?"

"H는 지금 몇몇 국회의원을 협박하는 중입니다. 찬조 안 하면 이번 놀이에 모델로 삼을 수 있다고 말입니다. 자승자박이죠. H와 결별할 좋은 기횝니다."

김 비서는 모든 흔적이 H 앞으로 돼 있으니 놀이를 포기하고 떠나면 된다고 말했다.

갯벌에 노을이 곱게 물들고 있었다. 섬으로 몰려든 많은 사람이 갯벌을 메우고 있었다. 모두가 저녁 놀이를 위해서 곧 줄을 설 것을 생각하면 숨이 막혀왔다.

어릴 때 정원에서 가지고 놀던 소라게가 떠올랐다.

"소라게라고 알아? 소라 껍데기를 집으로 삼아서 사는 게야."

중학생인 H의 말이었다. 책에서 봐서 알고 있었다.

"남이 만든 것을 이용해서 사는 거야. 민첩해야 해."

나는 민첩하게 도망쳐야 한다는 불안과 H는 왜 늘 그 모양이냐는 불만에 휩싸였다. 같이 놀기로 해놓고 혼자 도망치는 것도 H의 행동을 묵인하는 것도 못마땅했다.

무의도의 빈 개펄에는 바다가 뱉어놓은 잔해처럼 사람들로 빼곡했다. 바닷물은 밑에서 꿈틀거리는 것들과 뒤섞여서 이제 썰물을 멈추고 있었다. 사람들은 썰물을 따라 개펄 끝까지 나가 있었다. 아이들은 그 개펄에서 신이 나 있었다.

나는 '이별 여행'이라는 단어에 끌린 이유를 새삼스럽게 생각했다. 반복해서 익숙한 결별만 외치고 있어서 한 번쯤 멋진 이별을 보고 싶었을 거라는 생각이었다. 그러면 나를 조각난 사진 같다고 생각하지 않아도 되고, 실제를 사진의 점으로 인식하면서 잃어버린 감각을 되찾고 싶지도 않을 거란 생각도 들었다. 그러면 빅토리아 수련의 가시 같은 것으로 손끝 감각을 살릴 필요도 없이 꽃의 부드러움을 만질 수 있으려니 싶었다. 하지만 그것은 또 다른 결별이기도 했다.

"사장님, 지금 표정은 제 눈에 아주 익숙하군요. 늘 생각으로만 결별하는 모습 말입니다."

나는 웃었다. 늘 나를 나보다 정확하게 보는 사람이었다. '끙' 하고 쏘아진 콧방귀가 아이들의 청량한 웃음소리에 파묻혀 사라졌다.

216

소설가 김삼봉

추석 귀성 버스는 막 고속도로를 벗어났다. 꼬리를 물고 국도
로 빠져나가는 차량을 뒤따라서였다. 그렇지만 국도를 조금 달리
다가 다시 정체가 시작됐고 날카로운 호루라기 소리가 난무했다.

"망할 놈의 호루라기 소리!"

청소부 김씨는 짜증스럽게 몸을 뒤틀면서 귀를 후볐다. 서울에
서 출발할 때부터 줄곧 잠만 잤으면서 눈을 감은 채였다. 이번에
도 사고인 것 같았다.

"뭐 드시고 싶은 것 있으세요?"

나는 블루투스 헤드폰을 벗고 물었다. 사람들은 이미 버스에서
내려 길옆 편의점으로 걷고 있었다.

"물이나 한 모금 했으면 좋겠군."

김씨는 눈을 감은 채로 말했다. 나는 가게에 들러서 물도 사고
볼일도 봤다. 정체는 쉬 풀릴 것 같지 않았다. 차로 되돌아오면서

도 고흥은 정말 먼 곳이라는 생각이었다.

"여긴 벌교 같은데, 거의 다 온 셈이죠?"

김씨의 앞 좌석에 물병을 꽂으면서 물었다.

"길만 뚫리면 삼십 분 거린데, 명절에 누굴 만나러 가는데 이러는가?"

김씨는 여전히 명절에 남을 찾는 것이 이해되지 않는 표정이었다. 그 얘기라면 하고 싶지 않았다. 의자에 놓아둔 헤드폰을 다시 썼다. 김씨는 헤드폰을 다시 쓰자 대화의 기대를 접는 모습이었다. 출발할 때부터 김씨의 잔소리를 피하려고 헤드폰을 썼다. 김씨는 몇 번인가 말을 걸다가 대답이 없자 그때부터 잠만 잤다.

"선배님, 잠만 주무실 겁니까?"

말쑥하게 차려입은 사내가 뒷자리로 가면서 물었다. 헤드폰을 썼어도 음악을 듣고 있지 않아서 고스란히 들렸다. 김씨는 눈을 뜨고 나를 봤다.

"이렇게 귀를 틀어막고 있으니 잠이나 청할밖에."

김씨는 턱으로 나를 지목했다. 서로 너무 잘 알고 있어서 굳이 나눌 얘기가 없다는 말은 하지 않았다. 그는 벤처보육센터 환경미화원이고, 나는 그 센터에 모든 것을 지원하고 감독하는, 시쳇말로 모두가 부러워하는 구청 공무원이었다.

"바꿔 앉자고 해 볼까요?"

김씨가 손사래를 쳤다.

"이제 다 왔는데 뭘. 언제 술이나 한잔하세."

김씨가 고흥 출신이란 것은 지난 설에 알았다. 경비실 창에 '고흥 귀성 차량 예약처'라는 안내문이 붙어 있는 곳에 서서 예약하는 것을 봤다. 그런데 이번 추석 고흥 귀성 차량 예약을 하러 갔을 때, 그는 내 신상을 다 아는 것처럼 "고흥엔 친척도 없잖은가?" 했다. 그뿐이었는데 그의 옆에 자리를 잡아놓고 있었다.

나는 김씨를 탐탁지 않게 생각했다. 용이 되지 못한 이무기 같은 사람이었다. 환경미화원과 담당 공무원의 역할을 구별하지 못하고 천방지축 나댔다. 고흥까지는 막히면 열 시간이 더 걸릴 수도 있다고 들어서 그와 함께 앉는 것을 피할까도 생각했지만, 헤드폰을 준비한 터라 마지못해 앉았다.

"누굴 만나려고?"

배낭을 선반에 올리고 앉자마자 물었다. 직감으로 그것이 대화의 시작 같았다. 이미 손에 헤드폰을 들고 있을 때였다.

"그런 사람이 있어요."

얼버무렸다.

"그래? 그 사람하고는 연락이 됐고?"

"아뇨."

"그냥 가서 못 만나면 어쩌려고?"

서둘러 김씨의 시선을 피했다. 그는 평소에도 대체로 남의 일에 관심이 많았다. 말동무 삼아 자리까지 맡아 놨으니 가는 내내 그런 질문에 시달릴 것 같았다.

서둘러 헤드폰을 써버린 이유도 거기에 있었다. 김삼봉 선생을 만나지 못해도 상관이 없었다. 모텔을 예약해뒀고, 그가 말한 '깨터'만 봐도 즐거운 여행이 될 것 같았다.

나는 김삼봉 선생이 오래전에 쓴 소설 『시간 유희』를 다시 펼쳤고 의도적으로 볼륨을 높였다.

도로 사정은 최악이었다. 버스가 움직이지 않고 아예 멎어 있으니 자던 사람까지 일어나 명절에는 다들 마음이 바빠 더 사고가 잦다는 평범한 소리를 해댔다. 김씨는 묵묵히 물만 마셨다. 물을 마시고 난 뒤 크게 하품을 했다.

"이럴 때 화장실 다녀오지 그러세요."

나는 최대한 부드럽게 말했다. 책도 다 읽었고 이제 달리기 시작하면 곧 헤어질 것 같아서였다. 김씨는 순순히 차 밖으로 나갔다. 그렇지만 이내 되돌아와 앉았다.

"그간 살기가 팍팍해진 모양이야. 지난 설만 해도 차 안이 시끄러울 정도로 술판을 벌이더니…, 마이크를 잡는 사람도 없군."

김씨는 주변에 관심이 많은 사람이었다. 벤처보육센터에서도 청소 일에 그치지 않았다. 김씨가 미화원으로 들어와서 제일 먼저 요구한 일은 복도 끝에 있던 흡연실을 옥상으로 옮기자는 것이었다. 그게 되면 사무실 개인 쓰레기통을 없애고 층마다 있는 빈 흡연실에 쓰레기 분류 통을 놓을 수 있다고 했다. 사무 공간도 깨끗해지고 청소 인력을 반으로 줄일 수 있다는 얘기였다. 자기 편하기 위한 소리를 벤처보육센터의 작은 혁신처럼 말했다.

미화원 편하게 하자고 그것을 허락할 수는 없었다. 거의 매일 나와 논쟁이 벌어졌다. 흡연실을 복도에서 옥상으로 옮기는 것도 어려운 일이지만, 사무실 쓰레기통에 버리면 됐던 것을 복도까지 들고나와 버리게 하는 일이라 반대도 심했다. 어떻게 된 것인지 그는 벤처 개개의 사무실을 돌면서 허락을 받아왔다. 미화원이 편해지자고 하는 일이 아니라는 걸 설득한 거였다.

결과는, 사무실에서 개인 쓰레기통이 없어졌고 곧 익숙해졌다. 미화원들의 출입이 줄어들면서 벤처들이 신경 쓰는 보안 문제가 사라졌다. 흡연실이 옥상으로 옮겨지면서 도서실도 따라서 올라 갔다. 텅 비어 있기만 하던 도서실이 옥상 정원과 어울리면서 사람으로 붐볐다. 이전의 도서실 공간은 여성 휴게실로 바뀌었다. 울며 겨자 먹기로 도와준 일인데도 비용 절감과 업무 효율화를 내가 한 것처럼 칭찬을 듣기는 했다.

김씨는 그 후에도 나를 가만두지 않았다. 나는 그 무렵 김삼봉 선생이 말한 '인맥 깨터'를 개발하느라 눈코 뜰 새가 없었다. 김씨 는 하필 그럴 때 나를 힘들게 한 장본인이었다.

김씨가 일을 떠나 나를 아프게 한 것은 따로 있었다. 지나가다 보면 목젖이 보이도록 웃고 있는 모습이었다. 그런 모습은 이상하 게 거슬렸다. 이상하지만 김씨가 목젖을 보이며 웃으면, 웃을 일 이 별로 없는 지금이나 유년 시절이 떠오르고, '야, 다문화'하고 부 르는 소리가 들렸다. 참으로 나와 맞지 않는 사람이었다. 맡은 자 기 일에만 충실하면 될 일인데도 그렇지 않았다. 이른 시간 청소를 마치면 출근길의 혼잡한 거리로 나가서 교통정리를 하는 사람을 붙잡고 호루라기를 불지 못하게 하기도 했다. 호루라기를 불수밖에 없는 사람에게 불지 말라 하니 다툼이 생겼다. 김씨의 관심 범위가 어디까지인지 단적으로 알 수 있는 일이었다. 그는 호루라기 소리를 '비인간적인 소리'라고 했다. 어떤 경험 때문이려니 싶어 물으면, 자신의 편리만 생각한 경고의 횡포라고 했다. 그런 모습이 웃기게도 나를 불쾌하게 했다. 청사 앞 건널목에서 호루라기 소리가 사라지자 대부분 직원이 그 상황을 좋게 평가했다. 이상한 일이지만 미화원답지 않다는 생각이었다. 그렇다고 청소를 소홀히 하지도 않았다.

김씨가 나를 불쾌하게 하는 또 하나는, 미화원 주제에 일은 상상의 산물이라면서 사고의 빈약을 탓했다. 구청장이 구민 사업 키우는 것을 사명으로 삼는다는 발표를 한 다음이었다. 죽기 살기로 환경을 조성하고 성과를 내는 지원책을 짜내라고 야단을 쳤다. 관련된 책 한 권도 읽지 않는데 무슨 아이디어가 있겠느냐고도 했다. 아예 상전이었다. 콧방귀도 안 뀌자 그는 어느 날 식사를 마치고 들어가는 구청장을 붙잡고 책을 읽는 풍토를 만들라고 주문했다. 구청장은 어이없어했지만, 그 후 직원들은 매달 업무와 상관없는 책을 한 권씩 읽고 독후감을 써내야 했다.

김씨는 생각한 것을 가슴에 담아두는 성미가 아니었다.

늦은 퇴근을 준비하고 있을 때였다. 벤처보육센터의 미화원이 구청 사무실에 출입한 것도 문제인데, 그는 손에 큰 비닐봉지를 들고 얼굴에는 약간 미소를 띠고 안을 들여다보고 있었다.

"청소 지원 나왔어요. 그런데 사무실 불을 다 켜 놓고 계시네?"

'늦게까지 남아 고생하시네요'가 아니고 '불을 다 켜놓고 계시네'를 강조해서 기분 나쁘게 했다.

"이런 데서 티가 나는 겁니다. 어떤 사람 말이 당신 승진에서 탈락할 것을 미리 다 알았다고 합디다. 오로지 혼자 지낸다고. 늦게까지 앉아 있는 것을 일로 안다고. 소문이 맞는지는 청소하다 살피면 다 보입니다."

누구에게 들은 말이라도 그렇게 대놓고 말하기는 쉽지 않았다. 소문이 그렇다는 건 더 기분 나빴다.

어느 날은 벤처보육센터를 점검하는 내게 더 아픈 말도 했다.

"무슨 속도가 구한말 기찹니까? 이러니 한강수 타령이시지!"

'한강수 타령'을 알지 못하니 타령처럼 느리다는 것인지 한강에 간 것을 안다는 것인지 잠시 헷갈렸다.

그렇지만 그의 입에서 불쑥 튀어나온 '한강'이 신경 쓰였다. 그를 찬찬히 살폈다. 세 번의 승진 실패로 한강을 찾은 것을 아는 사람은 김삼봉 소설가밖에 없었다. 어디를 봐도 그날의 김삼봉 선생은 아니었다. 술 때문에 인상은 뚜렷하지 않지만, 빗속에서 만난 김삼봉 선생은 머리를 길렀고 수염도 덥수룩했다. 빗속이라 비에 젖은 머리카락이 얼굴을 반쯤 가렸고 뿔테 안경을 쓰고 있었다. 김씨는 안경도 수염도 없는 환경미화원에 어울리는 인상과 복장이었다.

내가 김삼봉 선생을 만난 그날은 8급 승진자 발표가 있었다. 세 번의 승진 탈락으로 술을 만신창이 되도록 마신 날이니 낯선 하루였다. 힘들 때마다 바다 대신 찾아간 한강인데, 그날의 국회의사당 앞길은 인적이 뜸했다. 비가 내린 탓인지도 몰랐다.

나는 쏟아지는 빗속을 걸어서 한강 쪽으로 갔다. 구청 앞 술집을 나설 때부터 무능한 나와 결별할 생각이었다. 기본만 갖추면 모두가 승진되는 것을 세 번이나 미끄러졌으니 무능보다는 바꿀 수 없는 내 외모가 문제인 것 같았다. 나는 어머니 쪽을 닮아서 한눈에 다문화 출신 티가 났다. 나름대로 차별을 피해서 공무원이 됐지만, 차별을 피할 방법이 없어 보였다. 휘적휘적 빗속을 걷고 있을 때 누군가 내 어깨를 툭 쳤다.

"우린 닮았군. 젊은 영혼 무엇이 문제인가?"

누가 보더라도 비 맞은 수탉 같은 몰골이었다. 나보다 나아 보이지 않는 60대가 자신의 행색이나 불행을 까맣게 잊고 호기를 부리고 있었다. 나중에 김삼봉 소설가로 알게 된 그는 우산을 쓰지 않았고, 비틀거렸고, 한 손에 술병을 들고 있었다. 일단 긴 머리카락이 비에 젖어서 얼굴을 덮었고, 텁수룩한 수염도 얼굴을 가리고 있었다. 한눈에 코웃음이 나왔다. 실패한 모습이었다. 둘 다 지구의 흔들림을 감당하지 못하는 것처럼 비틀거리는 것이 마음에 들었다. 그의 어깨에 손을 얹었다.

"외롭지 않겠군. 다들 동행자를 찾아 같이 떠나던데 잘됐어."

나는 그의 어깨를 토닥거렸다. 그는 병나발을 불 뿐이었다.

"동생 집에 전화했더니 동생이 사무실에 있다잖아. 힘들게 찾아왔더니 저놈들이 신분증부터 달래."

"주지 그랬어요."

"줬지. 형 된다고 했더니 동료 의원의 눈도 있는데 형이 이러면 되느냐고 다음에 오래."

동생이 국회의원이라고 말하고 있었다. 그의 행색이라면 나라도 그랬을 것 같았다. 그 나이가 되도록 세상이 외모로 판단하는 것을 몰랐다니 한심스러웠다.

"싸웠어요? 이런 모습으로 찾아오게."

싸우지 않고는 이런 모습으로 동생을 찾을 리 없었다.

"전화도 안 받고 만나주지도 않으니 불쑥 찾아갈밖에. 난 소설가네. 실력이 변변찮다 보니 아버지가 넘겨준 깨터 문을 열고 말지 않았겠나."

그는 불쑥 '깨터'를 말했다.

"아버진 깨터를 나에게 넘겼지. 팽나무 고목에 뚫린 구멍인데 거기에 문이 있고 열쇠가 채워져 있어. 아버진 깨터 열쇠를 주면서 그랬어. 고향을 지키는 조건으로 깨터 열쇠를 준다고…. 상상해 보게. 끼니는 거르지 않지만, 허울뿐인 소설가에게 그렇게 말하고 열쇠를 줬으니, 꽤 대단한 것이 있으리라 생각하지 않았겠나? 쪼들리면 당연히 열어보고 싶지 않았겠냔 말이야."

그는 혀 꼬부라진 소리로 말했다.

"열어보니 보물 지도라도 있었어요? 그 지도라도 빼앗겼습니까?"

그는 나의 표정을 보고 더 놀라는 표정이었다.

"어떻게 바로 그 생각을 하나?"

"뺏기셨군요."

그는 고개를 가로저었다.

"나는 4남 중 셋째지. 실패한 소설가가 되지 않으려고 삼봉이라고 했어. 닮고 싶어 썼는데 다들 잘 기억해 주더군. 그렇지만 잠깐 반짝하고 말았어. 큰돈이 필요할 때는 늘 난감했어. 아버진 그런 나를 보면, '깨터를 열 수도 없고' 하면서 안타까워만 하셨어. 달랑 종이 한 장뿐이었어. 이해되나? 그런 종이 한 장을 두고, 가실 때 우리 형제를 다 앉혀놓고, 가능하면 열지 말고 후대로 넘기라고 하셨어. 다들 무슨 보물 지도라도 있는 줄 알았지. 못난 놈! 허, 이 못난 놈!"

나는 그가 갑작스레 '못난 놈'이라 하니 화들짝 놀랐다.

"갑자기 왜 제게⋯!"

그는 잠시 입만 삐쭉거리고 서 있었다.

"'못난 놈! 다시 시작해라'라는 말이 적혀 있을 뿐이었네. 너무 실망이 커서 찢어버리고 말았지. 그런데 두 형과 동생은 내 얘길 믿지 않았네. 깨터를 열었으면 뭐가 있었는지 정도는 밝히라는 거야. 종이 한 장 달랑 있었다고 해도 아무도 믿지 않아."

그는 목이 타는지 다시 병나발을 불었다.

"한 모금 할 텐가?"

나는 그가 내민 술을 조금 마셨다. 그는 술병을 들고 있는 것만으로 위안을 삼는 것 같아 마시는 시늉만 했다.

"형제간의 우애가 버린 종이처럼 날아가 버렸지! 형과 동생이 서울에 사는데 내 말을 안 믿으니 설명을 하려면 찾아다닐밖에."

"설마 그래서 한강에 몸을 던지시려는 겁니까?"

"집사람 환갑이 내년 겨울인데 여행을 가기로 했어. 허드렛일도 나이 때문에 쉽지 않군! 용기를 내서 이력서를 넣었더니 출근하라는 통보가 왔어. 여행 갈 방법은 생겼는데 가슴이 답답해 저기 훤히 트인 쪽으로 그냥 걷는 것이네."

나는 싱겁다고 생각하면서 같이 걸었다.

"자넨 한강에 뛰어들어 옷이라도 빨 기세로군."

그는 소설가답게 꽤 은유적으로 말했다. 그렇지만 자신의 사정을 다 얘기했으니 이번에는 내 쪽이라고 한 것 같았다. 나는 그때쯤 조금 웃을 수 있었다.

"내가 뛰어들면 한강이 부글부글 끓을 겁니다. 난 뚜껑이 열리기 직전이거든요."

그도 웃었다.

"한강이 부글부글 끓을 정도면 이것도 인연인데, 귀찮은 부탁 하나는 들어주겠네. 같이 뛰어들어 허우적거리다가 편히 가도록 놔줌세."

농담인지 진담인지 알 수 없었다. 한편으로는 소설가와 한강을 함께 걷고 있다고 생각하니 이상하게 위안이 되기도 했다. 오죽 궁했으면 깨터 문을 열었으랴 싶었다. 나는 그에 비하면 행복한 사람이었다. 그 나이에 허드렛일을 구하는 걸 보니 그냥 버텨도 그의 인생보다는 나을 것 같았다. 그렇다고 마음이 완전히 바뀐 것은 아니었다.

도로를 건너자 길게 누운 한강이 한눈에 들어왔다. 한강은 흐름을 멈추고 잠에 빠진 것 같았다. 차들은 앞차의 꼬리를 놓칠세라 쌩쌩 내달렸다.

"어쩌다 이런 생각까지 하게 됐는가?"

그가 얼굴의 빗물을 훔치면서 물었다. 나는 조금 우스웠다. 구청 공무원이라고 하면 놀랄 것 같았다. 그런데 그가 손가락으로 내 가슴을 콕콕 찔렀다.

"내가 깨터의 비밀을 알려줌세. 그거면 족해. 그거면 살만하지. 술 몇 병 사서 같이 물가로 가세. 결정은 그다음에 해도 돼!"

그는 주머니에서 돈을 꺼냈다. 대충 쑤셔 넣고 다니는지 젖어 있는 천원 속에서 5만 원 권을 찾아 내밀었다. 주량이 센가 싶었다. 그러고는 휘적휘적 물가 쪽으로 걸었다.

이상한 일이었다. 비 때문에 하늘이 보이지 않았지만, 이상하게 맑은 바람이 부는 것 같았다. 나는 심호흡을 크게 하고 가게로 갔다. 무겁게 들고 간 소주 열 병과 안주를 내려놨을 때 그는 이상한 눈으로 나를 봤다.

"왜 그러십니까?"

그의 표정이 이해되지 않았다.

"정말 죽고 싶은 모양이군. 까짓것 마셔보기나 하자고. 깨터 얘기 듣고도 같은 마음일지 모르지만!"

나는 이내 그의 '깨터' 이야기를 들어야 했다.

"집은 가난했지만, 아버진 늘 콧노래를 흥얼거렸네. 우린 그게 깨터 때문이라고 믿었지. 뭘 사달라고 하면 돈이 없다는 말 대신 늘 '깨터 문을 열 수도 없고'라고 하셨으니 형제들은 깨터 안에 아주 소중한 물건이 있을 거라 믿었어."

그와 나는 소주를 각각 한 병씩 들고 마셨다. 비를 맞으면서 한강의 물가에 앉아 술을 마시는 기분은 특별했다. 우산을 쓰지 않았고, 안주가 젖는 것을 아랑곳하지 않으니 나름 자유로웠다. 깨터 문을 열지 않았으면 만나지도 못했을 사람이라는 생각이 스쳤다. 그 문을 열면서 그들의 기대가 꺾였다고 생각하자, 아버지가 '깨터'를 통해 말하려는 메시지가 있었을 것 같았다.

그의 말을 줄이면, 그는 '못난 놈!'이라는 말이 싫었다. 그렇다고 형과 동생들한테 종이에 써진 내용을 숨길 이유도 없어서 형과 동생에게 전화를 걸었다. 아무도 믿어주지 않았다. 그 후 모두가 그를 피했다. 전에는 안 그랬는데 손을 벌릴까 봐 말도 섞기를 싫어했다.

"나는 뒤늦게 아버지가 준 유산의 의미를 생각했어. 곰곰이 생각해 보니 깨터는 내 뒷배였어. 깨터는 그냥 놔뒀어야 하는 거야. 글을 쓸 수도 없었어. 생각해 보니 유언을 안 지킨 벌이야. 절필을 선언하고 이력서를 냈지."

절필의 의미가 와닿지 않았다.

"내가 무슨 말을 하는지를 알아듣겠는가? 깨터를 만들어. 그게 인생 공학이야. 깨터를 열고 보니 그런 게 느껴졌어."

그는 대단한 말이라도 해 준 것처럼 취한 얼굴로 나를 봤다. 깨터만 있으면 죽을 일이 없는 것처럼 하는 말에 나는 웃고 말았다. 너무 쉽게 한 말에 화가 나서 한강을 향해서 고래고래 소리쳤다. 깨터가 얼마나 시시한 얘기에 불과한지를 알게 하려고 승진은 실력만으로 되는 게 아니라는 것과 베트남 어머니 얘기를 했다.

나는 어느 날 어머니가 학교로 찾아온 뒤로 친구들이 이름 대신 '다문화'로 불렀다는 것과 긴 외톨이 생활 끝에 차별을 피할 방법으로 공무원 시험에 합격했지만, 승진에서 세 번 탈락했노라고 말했다. 차별이라고 단정 지어 말했다.

"싱거운 얘기군! 자넨 자네 깨터를 못 보고 있어. 자넨 내가 오래전에 쓴 『시간 유희』의 주인공 같군."

그는 나에게도 깨터가 있다고 했다. 그 후의 대화는 나를 온통 뒤흔들었다.

"난 비와 바람을 좋아하네. 비에는 생명의 근원이 있고 바람에는 잡을 수 없는 우리의 갈망이 있지. 우린 바람투성이네. 자네가 가진 깨터를 알려주겠네."

그가 소설가라서 기대가 되었다.

"좋아요. 들려나 줘 봐요."

우린 단숨에 동류가 되어 술병을 부딪치고 병나발을 불었다.

"아버지와 어머니를 인맥 깨터의 주인공으로 삼아 보게."

기대는 싱겁게 무너졌다. '인맥 깨터'란 말이 낯설었다. 농사를 짓는 부모에게는 인맥으로 기댈 것이 없었다. 어머니는 베트남으로 매달 얼마를 보내고 있어서 잠시도 쉬는 법이 없었다. 최근에는 마을 이장을 맡게 됐다고 즐거워했지만, 어머니 삶을 꾸리기에도 벅찼다.

"초라해질 뿐입니다."

"소설가는 말이야, 없는 허구를 사실처럼 만들어. 죽기 전에 소설가처럼 상상 한번 해 보게. 어머니의 나라 베트남은 한창 성장하는 중이야. 자네가 아직 몰라서 그렇지 거기 자네 또래의 사촌이 곧 갑부가 돼! 자넨 언젠가 그 사촌과 가장 걸맞은 사람이 될 거야. 그 사촌은 자네가 공무원이라는 것만으로도 자랑스러워할 거야. 자네라고 언제까지 승진 못 하란 법 있겠나?"

귀가 번쩍 뜨였다. 어머니의 나라 사촌들을 생각해 본 적이 없었다. 늘 당당한 어머니와 달리 혼자 놀았다. 갑부 사촌이 있다는 상상만으로도 기분이 좋았다. 나는 그날 밤 그와 어깨동무를 하고 뛰고 외치고 춤췄다. 그가 지나간 옛 노래를 부르면 노래를 몰라 끝소리만 이어 불러도 둘의 놀이가 됐다. 아침을 맞아 일어나 보니 집이었다.

다음 날부터 머릿속에 '인맥 깨터'가 맴돌았다. 아쉽다면 김삼봉 소설가는 비에 늘어진 머리카락과 수염만 떠올랐다. 청소부 김씨는 그 무렵에 미화원으로 와서 나를 귀찮게 했다. 핀잔하는 데는 일가견이 있었다.

"자넨 구청에서 모르는 사람이 없더군. 그 장점을 잘 활용해 봐."

피부색이 다르고 세 번의 탈락으로 모르는 사람이 없으려니 싶으면서도 문득 스치는 것이 있었다. 구청에서 연말이면 시상하는 모범 공무원을 조사해 보기로 했다.

그 조사는 일과 후 밤늦도록 진행됐다. 20명 정도로 추리고 나니 구는 그들과 함께 컸다는 것이 느껴졌다. 자비로 사진과 중요 업적을 인쇄해서 근로자의 날에, 이젤에 보드를 올려놓는 식으로 현관에 전시했다. 엄청난 반응이 일어났다. 그 일은 김씨가 벤처 보육센터를 바꾼 일과 맞물려서 상승효과를 냈다. 승진에 성공한 것이었다. 김삼봉 소설가를 만나지 못했으면 일어날 수 없는 변화였다. 승진 소식도 전하고 깨터도 보고 싶은 것이 최근의 마음이었다. 다행히 출판사에서는 그의 주소를 알고 있었다.

차가 속도를 내자 김씨도 주변을 살폈다. 질펀한 들녘 멀리 섬과 바다가 보였다. 김씨의 시선은 그런 풍경이 익숙한 것 같았다. 나는 헤드폰을 접어 가방에 넣었다. 이제 곧 김씨와도 헤어지고 낯선 고흥의 여관으로 혼자 갈 것을 생각하니 이제는 침묵을 조장할 필요를 느끼지 않았다.

"들판을 보니 하루가 아니고 1년이 저물고 있군. 저 흔적 속에서 아옹거린 것이 점 취급이나 받을까? 자넨 어디서 내릴 텐가?"

혼잣소리하다가 뜬금없이 물었다. 그 표정에는 떨어져 있던 가족을 만나는 기쁨 같은 것은 없었다. 명절이기 때문에 착잡해지는 애증의 추억에 사로잡힌 사람 같았다. 나는 그때야 여덟 시간 남짓 달려와 낯선 곳에 있다는 느낌이 들었다.

"모두 한곳에서 내리는 것 아닌가요?"

당연히 버스 터미널에서 다 내리겠거니 한 거였다.

"차가 몇 군데 설 거야. 난 고흥 초입에서 내릴 거네. 같이 내릴 텐가?"

"제가 왜! 저는 봉황산 자락에 숙소를 잡아서…."

김씨는 앞을 힐끔거렸다. 벌써 내릴 곳이 가까워져 오는 모양이었다. 일어서서 뒤를 향해 몇 사람에게 손을 흔들고 선반에 올린 가방도 내려서 무릎 위에 올렸다.

그때야 근무처가 같다고 자리 배치까지 같이했는데 앉자마자 헤드폰을 쓴 것이 마음에 걸렸다. 오는 내내 김삼봉 선생이 쓴 『시간 유희』를 보다 말다 했는데, 그의 시선이 느껴질 때마다 눈을 감고 만 것도 걸렸다. 책 제목은 시간과 관련돼 있어도 기차 여행을 하는 청년이 들판의 허수아비와 새를 보면서 마주 앉은 동년배의 여인과 사랑을 상상하면서도 결국 말도 못 걸고 끝나는 소설이었다. 연애와 무관해 보이는 시간이 실체도 없이 둘 사이에 놓여서 상상을 뒤엉키게 하는 묘한 소설이었다. 묘한 기분이 들 때마다 느낌을 적어서 포스트잇으로 붙였는데, 그는 그럴 때마다 끼어들려고 했다. 실로 집요한 사람이었다. 점심을 같이 먹자고 해서 메뉴를 다르게 말해서 가까스로 따로 먹었는데 그것도 마음에 걸렸다.

고흥에 들어서자 버스가 서서히 속도를 줄여서 도로 옆으로 붙었다.

"그럼 즐거운 연휴 되시게. 난 들렀다 갈 데가 있어서 미리 내려야 하겠네. 사표를 내고 왔으니 또 보긴 힘들 것 같군."

그는 꼭꼭 숨긴 얘기를 털어놓았다. 나는 그의 손을 덥석 잡았다.

"그 말을 왜 이제야…. 즐거운 명절 되십시오."

나는 서둘러서 한 '이제야'라는 말이 낯설었다. 사표를 내서 다시 볼 수 없다는 말 때문에 불쑥 솟은 감정이었다. 김씨의 표정에도 아쉬움이 묻어 있었다. 버스가 서너 뒤에서 나오는 사람들 때문에 인사는 그것으로 끝이었다.

차에서 내린 사람들은 차 안이 보이지 않을 텐데도 밖에서 안을 향해 손을 흔들었다. 김씨는 좁은 골목으로 사라지기에 바빴다. 버스는 이내 출발하고 말았다.

김씨가 떠난 자리는 벌교에서 자리를 바꿀 거냐고 한 후배가 옮겨와 앉았다. 그는 김씨와 달리 가방을 들지 않았다. 그는 잠시 나를 힐끗거렸다.

나는 김씨가 여러 번 말을 걸어왔는데도 뿌리친 걸 후회하고 있었고, 그가 김씨의 후배란 생각에 가볍게 목례를 했다. 그는 통

통한 몸집에 말쑥하게 차려입고 싱겁게 웃었다. 성공한 사람 같았
다.

"그 책을 보니 꽤 재밌는 시간을 보냈겠네."

그는 내가 들고 있는 『시간 유희』를 보면서 말했다.

"네. 대체로 조용하게…."

"하긴…!"

밑도 끝도 없는 동조였다. '청소부와 무슨 깊은 얘기를 나눴으
려고' 하는 소리 같았다.

"책을 읽으면서, 김삼봉 소설가의 집 뒤뜰에 있는 오래된 팽나
무 속 깨터는 어떻게 생겼을까? 소설은 다시 쓰시나 같은 생각을
했습니다. 전에 한 번 만났거든요."

나는 그 말을 하면서 스스로 놀랐다. 김씨와는 헤드폰을 쓰면
서까지 말을 꺼려놓고 그와는 잠시 봤을 뿐인데 그런 말을 하고
있었다.

"고흥이 집인가?"

그는 내가 한눈에 낯선 이방인 같은 모양이었다.

"아뇨. 소설가 김삼봉 선생을 만나러 갑니다."

"뭔 소린가?"

"평소에는 시간이 안 나 명절에 찾아가는 길입니다. 주소가 봉
황산 밑으로 돼 있더군요."

"누가 지난 주소를 줬군. 깨터 때문에 말썽이 일자 봉황산 밑의
집은 세 놓고 풍남 어디로 옮겼네. 오늘은 일가를 찾아가는 것 같

아.”

“그러면 혹시 새 주소를 아십니까?”

“몰라. 사표를 내고 왔으니 이제 깨터도 다시 만들고 글도 쓰겠지.”

“소설가께서 직장에 다니게 됐다고 좋아하더니 벌써 그만두셨군요.

“모를 소리만 하는군. 전에 만났다면서 몰라보고, 사표를 냈다는 말을 듣고도 딴 소리를 하니…!”

나는 잠시 어이가 없었다. 1년 전 김삼봉 소설가와 나눈 이야기와 청소부 김씨의 이야기가 야릇하게 뒤엉켜 있었다.

“조금 전 그분은 우리 구청 벤처보육센터에서 일하는 김순동 씨이고요.”

“그 선배 본명이지.”

나는 아연하고 말았다.

“조금 전에 내린 그분이 소설가 김삼봉 선생이란 말씀인가요?”

“같이 앉아서 온 사람이 그렇게 물으면 어떻게 하나?”

나는 한강 변과 사무실에서의 첫 대면을 떠올렸다. 김삼봉 선생에 대해서는 시간이 지나도 긴 머리와 수염과 뿔테 안경밖에 기억나지 않았다. 미화원 일을 하자면 머리와 수염은 당연히 잘랐겠고, 뿔테 안경은 렌즈로 바꾸면 될 일이었다.

사내는 나만큼이나 당황해서 일어났다.

“나는 여기 터미널 앞에서 내려야 하네. 이 버스는 타고 있으면

녹동까지 갈 거네."

그는 버스가 속도를 늦추자 서둘러 앞으로 걸었다. 대부분 사람이 그곳에서 내렸다. 이제 버스 안에는 네댓 명만 자리를 지키고 있었다. 터미널 앞은 귀성 차량으로 혼잡했다. 나는 엉거주춤 서 있었다. 밖에서는 빨리 차를 이동시키라는 뜻인지 호루라기 소리가 귀를 찢을 듯이 날카로웠다. 짐칸의 짐을 내려주고 올라온 운전기사는 다시 자리에 앉으면서 한마디 했다.

"빌어먹을 호루라기 소리!"

나 역시 호루라기 소리 때문에 갈피를 잡을 수 없었다.

해설

비극적 세계관의 내면풍경과 서사의 힘
-김현삼의 소설

김종회(문학평론가, 전 경희대 교수)

1. 내포적 동통(疼痛)과 객관적 상관물

김현삼은 대학에서 영문학을, 대학원에서 PR광고학을 전공했고, 한국우편사업진흥원에서 우체국쇼핑사업본부장, 우정문화실장, 마지막으로 미래사업추진단장을 끝으로 2013년 퇴직한 이후 소설을 쓰기 시작했다. 2014년 「빨간 허수아비」로 문단에 나왔으며 올해로 작가의 길에 들어선 지 7년 만에 첫 창작집 『달팽이의 꼬리』를 상재한다. 그의 소설들은 자기 눈과 인식에 비친 세상이 왜 그토록 '문제적'인가에 대해 끊임없이 질문하고 있다. 어느 문학작품인들 자아의 대척점에 서 있는 세계에 대한 제각각의 비판의식이 없을까마는, 김현삼의 경우는 유독 이에 예민하면서도, 세대의 갈등에도 예민하고 그 반응 또한 지속적이다. 그의 소설들이 이루고 있는 작은 성채城砦의 전면에 '비극적 세계관'이란 명호를 내세운 이유다. 이 책에 실린 10편의 단편소설 모두가 그 공통의 규범으로부터 멀리 있지 않다.

이 글에서는 10편의 소설을 주제론적 관점에서 몇 개의 단락으로 구분하고 순차적으로 그것이 보여주는 소설적 의미를 밝혀 보려 한다. 먼저 내면의 고통을 '객관적 상관물'에 의지하여 드러내는 소설들이다. 여기서 말하는 객관적 상관물은 문학, 특히 시에서 정서와 사상을 표현하기 위하여 찾아낸 사물·정황·사건을 이르는 어휘로 T.S.엘리엇이 처음 사용하였다. 개인적 감정을 그대로 나타내는 것이 아니라 어떤 대상을 차용하여 객관화하려는 창작기법으로, 이 정의에 포함되는 요소는 사람의 정서·간접화·자연물 등 세 가지다. 이 개념을 통해 검증해 보려는 소설은 「달팽이의 꼬리」, 「비둘기 세일」, 「빨간 허수아비」 등 세 편의 작품이다.

「달팽이의 꼬리」는 회사생활에 적응하지 못하고 아버지가 하던 표구사를 하는 인물의 이야기다. 그는 나름 능력이 있다고 생각하지만, '맘에 드는 여자만 보면 상대의 의사와는 상관없이 뒤쫓는 사람'으로 알려져 있는데, 기실 그 자신은 사람들이 잘못 알고 있다고 생각한다. 그와 같은 우여곡절 끝에 담화의 중심에 떠오른 '그녀'가 있고 더 나아가 그녀의 오빠가 등장한다. 그 오빠는 '멀쩡한 다리를 두고 맨날 잘려 나간 다리를 찾는 사람'이다. 이 소설의 화자와 그녀의 오빠는 어쩌면 형용만 다를 뿐 비슷한 정신적 동통疼痛을 앓고 있는 환자다. 그리고 이들의 상처와 아픔을 대변하는 사뭇 적절한 상관물로 '달팽이 꼬리'라는 상징의 매개가 소환되어 나는 미분화되어가는 사회에 계속 고립되고 원자화되어 소모되는 모습으로 그려진다.

> 여러 개로 쪼개진 색색의 유리 조각을 통해 흘러드는 빛은 교회 안을 환하게 밝히고 있었다. 실장은 그 빛에서 오래도록 뭔가를 찾는 느낌이었다. 나는 그 모습에서 앞으로 내가 해야 할 유리 공예 사업을 가늠했다. 실장의 시선에서는 어딘가로 훌쩍 날고 싶어 하는 새의 본능 같은 것이 느껴졌다. 그러다가 교회 안을 종종걸음으로 뒤졌다. 교회의 창은 모두 스테인드글라스로 마감돼 있었다. 어디든 비둘기가 있었다. 동생 순임 씨를 찾는 것이 분명해 보였지만 어느 곳에도 없었다. 나는 끈에 매달린 사람처럼 실장의 뒤를 따랐다.
>
> —「비둘기 세일」 중에서

「비둘기 세일」이란 단편은 회사원인 '나' 홍 팀장과 그 회사 앞에서 '나'에게 비둘기를 팔겠다는 북한 곡예단 출신의 K, 그리고 회사 실장의 동생 순임 등 모두 가슴에 깊은 상흔을 가진 인물들의 조합으로 구성되어 있다. 예문에서 읽을 수 있듯이 이들을 객관화하여 관찰할 입장에 있는 실장의 행적을 따라가 보면, 거기 '새의 본능'이나 '순임'의 이야기가 잇대어져 있다. 특히 순임은 가족을 '광주사태로 셋이나 잃은 비극'을 끌어안고 있다. 교회 안의 스테인드글라스는 이들의 삶에 빛이 되지 못하는 현실을 암시하고, K가 가방에 넣어 들고 다니는 비둘기는 이들의 아픈 내면과 사회를 효율적으로 반사해 보인다. 「빨간 허수아비」에서는 그러한 객관적 상관물이 곧 제목의 '빨간 허수아비'다.

> 아빠는 나를 보자 웃었다. 반갑게 안아줬고, 동료들에게 자랑
> 스럽게 소개했다. 처음 가본 아빠의 직장이지만 내가 상상했던
> 현장은 아니었다. 나는 결혼 한 달 만에 이혼하고 혼자가 돼 있는
> 데, 아빠도 혼자 잘 버티고 있었다. 사람이 고통을 감내한다는 것
> 은 쉬운 일이 아니었다. 고통을 아무렇지 않은 듯 넘기는 사람은
> 정상인에 가깝다는 생각이었다. 의사는 나의 그런 설명을 듣고
> 못마땅해했다.
> "뭘 어떻게 버티고 있다는 건가? 고통은 버티는 것이 아니라
> 해소해야 하는 거야!"
> 무슨 차이냐 싶다. 아빠는 퇴직한 상태였다. 사장으로서 퇴임
> 식을 마치고 송별회까지 받았으면 직장을 떠났어야 했는데, 사장
> 이면서도 워낙 현장 사람처럼 일한 사람이라 그 습관대로 아무렇
> 지 않은 듯이 현장에서 일하고 있었다. 그 말을 들은 의사는 잠시
> 말이 없다. 그러다가 혼잣말처럼, 준비가 안 됐기 때문이라고 한
> 다.
>
> — 「빨간 허수아비」 중에서

이 단편의 화자인 '나'는 강인화란 이름을 가졌고 결혼 한 달 만
에 이혼했다. '아빠'는 회사를 경영하다 실패하고 그 회사의 고용
사장으로 남았다가 실직했다. 그런데 그는 그 실직을 현실로 받아
들이지 못하는 형편에 있고, 그것은 이를테면 하나의 질병에 해당
한다. '나'가 이혼한 것은 신혼 한 달 직장을 쉬기로 한 결정에 남
편이 이의를 제기해서다. 작가 또한 '한 달의 휴식이 이혼감이라

니!'라는 문제를 제기하고 있지만, 잘 납득 되지 않는 대목인 것은 분명하다. 다만 이들이 모두 가파른 삶의 언덕에 당착해 있다는 점은 명확해진다. 아빠는 가난은 벗어났으나 가장의 의무감과 일 중독에서 벗어나지 못하고 '나'는 그런 아빠를 보는 N포 세대가 된다. 세대의 시각차로 인해 아빠는 '지평선 끝 빨간 소실점에 묶인 허수아비'로 보인다.

2. 육신의 침식과 탈각의 방정식

종교에서는 육신으로서의 몸, 정신으로서의 혼, 그리고 이 두 단계를 넘어서는 지고至高한 내면 영역으로서의 영靈을 구분한다. 이 각기의 영역에 대한 고찰이나 상관관계에 대한 구명究明은 여기에서의 소임은 아니지만, 분명한 것은 이들이 서로 긴밀하게 연동되어 있다는 사실이다. 몸이 건실하지 않은데 혼이 편안하기 어렵고, 더 나아가 영이 맑기란 더 어렵다는 논리다. 이 삼자의 관계성에 있어서는 물론 그 역방향의 작동도 당연하다. 영과 혼이 온전하지 않은 이의 몸이 평온하기 쉽지 않다는 뜻이다. 김현삼은 사회를 그렇게 보고 있다. 그의 소설이 가진 비극적 세계관은 소설의 주인공들이 우리 사회 구성 인자들의 그런 역학관계로 묶여 있다고 말하고 있다. 「석회암 지대」나 「탈피」 같은 단편들이 그렇다.

나는 정확히 언제부터 어제를 기억하지 못하는지를 알지 못했다. 기억이 없으니 기록으로 나의 과거를 살피는데, 기록상으로 나는 서울에서 태어나 서울에서 자랐고, 본적지로 돼 있는 이곳 정선으로 자원해 와서 폐광 부근의 폐광촌에 자리 잡았다. 경쟁을 피해서 지방 근무를 신청한 것인지, 취미를 좇아 온 것인지는 알 수 없다. 집에 수집된 나비가 가득하고 채집이 금지된 붉은점모시나비가 있는 것으로 봐서 붉은점모시나비 채집을 위해서 이곳으로 왔을지도 모른다는 생각이 들 뿐이다. (중략)

이력서를 볼 때마다 나의 잊힌 과거에 대해 전혀 궁금하지 않은 것은 아니었다. 군 복무 기간을 빼도 대학을 6년 만에 졸업했고, 졸업 후 3년이 지나서 경찰직 공무원에 합격했다. 주민등록 초본에 기록된 마지막 주소지를 찾았더니 서울 외곽의 쪽방촌이었다. 부모의 지원이 끊겨서인지, 자립을 선택한 것인지는 알 수 없었다. 일기에 '간절히 원하면 된다. 하루만 기억하자'라는 글로 어림하건대 기억은 1년에서 한 달, 한 달에서 열흘, 그리고는 하루 단위로 줄었을 것 같았다. 폐광촌에 모여 있는 일명 '섶족'의 습성도 비슷했다.

─「석회암 지대」 중에서

「석회암 지대」의 중심인물이자 화자인 '나'는 경찰관이다 '나'는 과거의 기억을 잃은 채 자신의 기록을 보며 이력 관리를 하고 있다. 서울에서 자랐지만 취업난으로 대학도 때 지나서 졸업하고 가족을 떠나 쪽방촌을 전전하면서 반복되는 입사 시험의 지난 기억을 없애려고 기억의 단위를 줄이다 보니 이제는 하루만 기억하고 산다. 기록상 본적지로 되어 있는 정선으로 자원해 와서 폐광촌에 자리를 잡고 산다. 그 기억상실증에서 벗어나기란 실로 쉬운 일이 아니다. 그러나 '나'는 이를 주위 사람들에게 철저히 숨기고 있다. 그런 만큼 '나'의 노력은 눈물겹도록 치열하며, 자신의 과거와 같은 폐광촌 사람들을 보면서 기억 단위를 확대하려 한다. 살아 남기 위한 방편 또한 눈물겨워 시골인데도 사소한 교통 범칙에 대해서도 야박하기 그지없이 처리하는 치밀성을 보인다. 이 척박한 석회암 지대는 고스란히 현재 우리가 살아가고 있는 사회다. '석회암지대'의 특징이 물이 고이지 않은 곳이란 뜻이니, 이야기의 전개에 있어 사실성에 대한 의구심이 없지 않으나, 주인공이 감당하는 정신적 고통과 물이 고이지 않는 기반을 고려하면 「석회암지대」는 김현삼이 보는 비극적 현재의 사회이고, 현재 세대의 고통의 표현인 셈이다.

경치를 즐기는 것은 오래전에 포기한 일이다. 훌쩍 떠나고 싶은 마음은 알 것 같다. 아버지는 끝예가 황반변성 진단이 나왔을 때, 이미 각오를 하고 있었던 듯 술로 자책했다. 딸에게 2만 명에 한 명꼴로 발병하는 유전병을 전했다는 자책으로 키우던 어항만 남긴 채 광주에서 울산 근무를 신청해서 떠나고 말았다. 떠나는 날 할아버지도 오십이 넘어 앓았고, 실명했다는 것을 알았다.

끝예는 중심 시력을 잃기 시작하면서 고등학교 1학년생의 감정을 가져보지 못했다. 머리가 솟칠 일도, 가슴이 후련하게 외칠 일도 없었지만, 다행히 할머니로부터 판소리를 배우면서 그 둘을 경험했다. 모든 것을 모질게 포기해야 한다는 것, 익숙한 것을 포기할 때마다 아무도 '왜'라고 묻지 않았는데, 할머니가 가르쳐 준

창을 통해 가슴 솟치게 내뱉을 수 있었다.

－「탈피」 중에서

「탈피」 또한, '끝예'라고 불리는 판소리 명창 전수 학생의 시각 상실이라는 장애의 문제를 다루고 있다. 끝예는 맨 끝으로 받은 마지막 제자라는 의미의 이름이며, 그런 만큼 그에 앞선 여러 제자와 전수자인 명창과의 관계 등이 이 소설의 전개 과정을 점유한다. 명창의 전수 장학생인 하성예, 끝예의 아픔을 각자 다른 방식으로 이끌어 가는 할머니와 어머니 등의 역할은 궁극적으로 끝예의 육신이 침식하는 것과 그것을 딛고 탈각의 깨우침을 습득하도록 추동하는 소설적 장치에 해당한다. "갑각류는 탈피해, 투구게는 평생 네 번 탈피하고 어른이 돼, 쟤들이 왜 탈피하는 줄 알아? 저걸 벗어야 더 커진 몸을 갖기 때문이야"라는 하성예의 말은 끝예나 하성예, 그리고 우리 모두에게 함께 적용되는 하나의 인식지표이며, 관계의 개선을 향해 탈피가 현재진행형으로 작용하고 있다는 점을 확인시키고 있다.

3. 소설 속 인생유전(人生流轉)과 맞서기

김현삼은 한 직장에서 근무하다가 퇴직한 사람이다. 마지막 직책이 당시 미래먹거리를 찾자고 한창 외치던 때의 미래사업추진 단장이었다. 그런 자리를 아무에게나 맡기지 않았을 터이다. 그렇다면 그에게 미래를 보는 눈이 조금 있다는 전제를 깔 수 있다.

그의 소설 속 주인공은 때밀이, 표구사 사장, 디자이너, 경찰, 구청 공무원, 고졸 영업사원, 대기업 경영자 2세, 커튼집 사장, 판소리 교육생 등과 같이 여러 유형을 포괄한다. 나이대는 거의 30대인데 이것은 작가의 시선이 그들을 향하고 있어서다. 이 국면에서 작가는 온갖 간난신고艱難辛苦를 헤치고 사는 작품의 등장인물들과 같이 서서 비교가 되는 거울이자, 자신을 볼 수 있는 위로가 된다. 그래서 그의 작품은 더욱 그들의 인생에 부합하는 형국이다. 중요한 것은 작가가 그러한 상황을 설정하거나 표출하는 일이 궁극적으로 그 환경으로부터 벗어날 수 있는 암묵적 지평을 가늠해 보는 시도라는 데 있다. 일찍이 에밀 졸라는 '악의 묘사는 그 극복을 위해 있다'고 했었다. 일단 「소설가 김삼봉」과 「쇠똥구리와 마네킹」을 보고 다음 이야기를 진행해 보자.

나는 김씨를 탐탁지 않게 생각했다. 용이 되지 못한 이무기 같은 사람이었다. 환경미화원과 담당 공무원의 역할을 구별하지 못하고 천방지축 나댔다. 고흥까지는 막히면 열 시간이 더 걸릴 수도 있다고 들어서 그와 함께 앉는 것을 피할까도 생각했지만, 헤드폰을 준비한 터라 마지못해 앉았다. (중략)
서둘러 김씨의 시선을 피했다. 그는 평소에도 대체로 남의 일에 관심이 많았다. 말동무 삼아 자리까지 맡아 놨으니 가는 내내 그런 질문에 시달릴 것 같았다.
서둘러 헤드폰을 써버린 이유도 거기에 있었다. 김삼봉 선생을 만나지 못해도 상관이 없었다. 모텔을 예약해뒀고, 그가 말한

'깨터'만 봐도 즐거운 여행이 될 것 같았다. 나는 김삼봉 선생이 오래전에 쓴 소설 『시간 유희』를 다시 펼쳤고 의도적으로 볼륨을 높였다.

―「소설가 김삼봉」 중에서

이 소설은 추석 귀성 버스를 타고 남녘 고흥을 찾아가는 화자의 이야기로 시작한다. 화자는 벤처보육센터를 지원하고 감독하는 공무원이고 동행하는 김씨는 그 센터의 환경미화원이다. '나'는 한때 세 번의 승진 탈락에 자살까지 각오하고 한강으로 가던 중에 김삼봉 소설가를 만나 승진하여 감사를 표하려고 고흥에 가는 길이다. 소설가는 형제와의 분쟁 때문에 술을 마신 상황이어서 둘은 함께 마음을 나누었고 삶의 비밀을 공유하기도 했다. 그러기에 그의 소설 『시간유희』를 들고 그를 찾아간다. 그런데 말미에서 그 버스에 함께 앉아 있다 헤어진 환경미화원 김순동 씨가 소설가 김삼봉이었던 것으로 밝혀진다. 작가가 위에서 쓴 여러 작중 인물과 달리 갑자기 소설가를 등장시켜서 '깨터'라는 이상한 화두를 던진다. '깨터'는 처음과 끝에서 강조한다. 현실에서 있기 어려운, 그러나 있을 수 있는 어긋남은 '깨터'를 부각하기 위한 장치와 같다. '소설가'와 '깨터'와 '시간유희'를 묶으면 소설 상황이 되는 것이니 소설가의 역할을 강조했다고 본다. 그러기에 '나'가 갈피를 잡을 수 없는 것은 '호루라기 소리' 때문만이 아니다.

나는 쇠똥구리를 검색했다. 쇠똥구리는 은하의 별을 내비게이선 삼아 쇠똥을 굴리는 녀석이었다. 그 자세가 매력적이었다. 하나같이 앞발은 땅을 짚고 뒷발로 쇠똥을 굴렸다.

나는 쇠똥구리 자세로 마네킹의 어깨에 발을 얹었다. 그 자세를 취하자 쇠똥구리가 쇠똥을 왜 뒷발로 굴리는지 알 것 같았다. 앞발은 지구를 단단히 움켜잡고 있어야 하니까. 뒷발로 굴리는 쇠똥은 하나쯤 놓쳐도 되지만, 목표를 정하면 주변을 살필 겨를도 없이 죽기 살기로 밀어야 하니까.

－「쇠똥구리와 마네킹」 중에서

이 소설은 고졸 출신 마네킹 영업사원 이야기다. 화자는 마네킹이 친구보다 좋다. 마네킹하고는 시간 가는 줄 모르고 놀 수 있다. 고졸이라서 생산직에서 자재관리에서 드디어 영업사원 실습 중이다. 화자는 퍼포먼스 기획자에게 늘 이용만 당한다. 그것을 안 어머니가 차라리 내려와서 시설작물을 하면 회사생활보다 낫다고 하지만, 서울이 좋다. 대신 보고 싶어 하는 어머니 주변에 자기가 좋아하는 마네킹을 잔뜩 세우고 외롭지 않을 거라고 한다. 이것이야말로 김현삼이 사회를 보는 창의 전부다. 마네킹과 연결된 정, 마네킹과 연결된 이용의 실태는 고졸 사원의 지난함이요 메마른 사회의 단면이다. '호넬'이나 '쩐찌민' 그리고 '부이찌민' 같은 다문화 친구들과 함께 어울려 지내는 상황이 '나'의 궁벽한 현실을 드러내는 조력의 존재들이다. '나'는 어머니가 비유한 '풀밭을 떠난 쇠똥구리'와 자신이 부대끼며 안고 있는 마네킹을 동일한 존재로 인식한다. '나'의 이 빈핍한 생활사의 고백은, 어쩌면 그것을 넘어설 수 있는 저항의 의지를 기다리고 있는지도 모른다.

만약에 그러하다면 그 소설 문법은 작가와 독자에 두루 적용될 수 있는 하나의 가이드라인을 형성할 것이다.

4. 세상사의 관계성과 통찰의 눈

사람과 사람과의 관계는 공적인 차원에서 또 사적인 차원에서 다양한 방식으로 작용한다. 여기에 학술적으로 접근한 이론을 '인간관계론'이라 부른다. 근대 이래 사회인으로서의 인간관과 그에 대한 관리 방식의 반성이 대두하면서, 특히 경영학에 있어서 새로운 시각을 가져오기도 했다. 그러나 사적이고 개인적인 차원의 관계는 극히 내밀한 유형으로 흘러갈 수 있어서, 객관적이며 공식적인 조명과는 거리가 멀다. 바로 이 지점에 문학 그리고 소설의 입지점이 효용성 있는 역할을 불러올 수 있다. 미상불 이러한 개별성의 깊이를, 이야기 문학의 중심에 있는 소설보다 더 잘 구현할 수 있는 문예 장르는 찾기 어려울 것이다.

나는 그날 처음으로 입체는 얇은 평면의 조합이라는 것을 이해했다. 인간은 분해될 수 있는 평면의 조합이었다. 입체가 평면으로 분해되고 나면 그 평면은 다시 선이 되고 점이 될 수 있었다. 얇은 수천의 측면이 모여서 부피를 이루는 감각의 알고리즘을 다 이해하기는 어려웠지만, 선생은 생각을 그렇게 하는 방법을 상세하게 설명했다. 하지만 그런 치환으로 아버지와 가깝게 지내는 것인가 하는 의문이 뒤따랐다.

선생은 이미 점이나 선으로 분해된 것처럼 말했다. 벌거벗은 임금님의 확신처럼 선생은 전혀 부끄러울 이유가 없는 것처럼 행동했다. 그러면서 시작이 아닌 끝이라고 생각하라는 말도 했다.

－「익숙한 결별」중에서

「익숙한 결별」은 대기업 총괄 회장의 아들인 '나'의 세상과의 접촉점에 관한 이야기다. 명함에는 '책임연구원'으로 되어 있으나 실제로 오너의 직계다. '나'에게는 H란 오랜 친구가 있고 그와의 관계 속에서 세상사의 여러 체험이 다기한 모양으로 얽혀 있다. 이별 여행, 별장 휴가, 경영 수업, 렌탈 업 등 다각적인 체험의 형식들이 순차적으로 '나'의 행로에 떠오른다. 이 소설에서 그와 같은 일들은 홀로서기로 구체화 되어 있지만, 그 홀로서기의 한 편에 오로지 자기 목적만 취하려는 H가 있다. 나의 홀로서기는 '자기 목적만 취하려는 것'에서 벗어나려고 하는데, 거기에는 꼰대적인 아버지가 맞물려 있다. 유혹과의 결별을 적고 있으면서 유혹의 끌림을 적고 있기도 하다. 이 소설이, 그리고 김현삼의 세계가 좀 더 유의해야 할 점이 있다면, 그 목표가 하나의 원활한 이야기 흐름을 이루도록 매설되었으면 좋겠다는 것이다.

국사봉에서는 상도동 너머 한강이 보였다. 한강을 넘는 철길도 보이고, 용산도 보인다. 시선을 조금 돌리면 관악산이다. 모든 것이 비현실적인 듯 뿌연 미세먼지에 싸여 있었다. 경찰과 나도 그 공기 속에 있었다. 온갖 건물 속에 사람이 들어차 있는 것이고, 그 건물 속의 사람들은 각자 자신의 방향을 향해서 내달리는 중이었다. 어쩌면 신념을 위해서 달린달까? 경찰과 나도 신념을 맞대고 있었다. 악의 뿌리를 캐고 말겠다는 신념과 귀찮아도 거짓을 말할 수 없다는 신념이었다. 이제 신념은 자신을 지키기 위한 수단으로 전락하고 말았다. 생각해 보면 그저 그럴듯한 막연한 미래만 있었다.

―「커튼의 반란」 중에서

「커튼의 반란」에 등장하는 '나'는 '국사봉을 오르는 보라매동의 골목 끝'에 있는 그린빌라에 산다. '나'는 커튼 가게를 하고 있고 옆집에는 여행사 가이드를 하는 여자가 산다. 옆집 커튼을 해주다가 '주거 무단 침입'에 연루되고, 문제를 제기하는 이는 그 여자가 아니라 '내년이 정년이라고 말한 경찰'이다. 이 두 사람 사이에 한편으로 공적이고 다른 한편으로는 사적이라 할 만한 밀고 당기기의 관계가 지속된다. 이들이 어쩌면 '신념'이라고 생각하는 각자의 취지와 입장은, 견고하지도 설득력이 있지도 않다. 문제는 여기에 있다. 바로 그와 같은 모호하고 생산성 없는, 그러나 우리 삶의 현실에 분명한 무게로 실재할 것 같은 경찰은 기실 '아빠 찬스' 짓을 하고 있다. 아들의 일이라면 남을 괴롭혀도 상관없다는 것에 대한 '나'의 반란은 미소를 지을 정도로 경미할 뿐이다.

이러한 인식의 방식은 「타인의 열차」에서도 유사하게 나타난다. 이 소설의 '나'는 '상수'라는 이름을 가진 목욕탕 때밀이이면서 욕을 잘하는 인물이다. 그런데 바로 그 욕 때문에 공연을 진행하는 감독과 같이 일을 하게 되고, 이 이율배반적인 관계가 이 작품을 이끌고 나가는 모티프가 된다. '나'에게는 동거하는 여자 '은소'가 있고, 이 상황과 더불어 소박하고 속 시원한 카타르시스도 촉발한다. 김현삼 소설의 장점은 이처럼 작고 단단한 공감과 이해 가운데 있다. 거기에 '타인의 열차'는 연극이라는 장치를 통해 보란 듯이 노동을, 궁핍을, 마지막 붙잡고 있는 삶을 한껏 조롱한다. 자신의 욕을 통해서. 우리는 이를 두고 소설적 서사의 힘이라고 호명할 수 있다.

지금까지 살펴본바 10편에 이르는 김현삼의 소설은, 모두 이렇게 크게 욕심내지 않고 인간사의 소소하며 곡진한 문법들을 이야기의 표면으로 밀어 올리는 힘을 가졌고, 묶어서 보는 순간 사회가 병들었다고 울부짖는 표효가 들린다. 그의 소설에서는 대체로 아버지와 어머니는 베이비붐 세대이고 그 주인공들은 한결같이 N포 세대로 구성되어 각자의 목소리를 내고 있다. 이 범박해 보이는 글쓰기의 기량은, 오래 그리고 깊이 세상을 통찰하는 눈을 기르지 않고서는 확보하기 어려울 터이다. 이는 소설의 창작자와 수용자가 만나는 접점이면서 작품의 성과를 함께 나눌 수 있는 미덕의 소재所在이기도 하다. 동시에 그것은 우리가 이 작가의 다음 작품을 새 기대 가운데 기다려 보려는 연유이기도 한 것이다. 세상의 문리文理를 익히고 자기 세계를 형성한 다음 새롭게 출발한 소설 창작이 무엇보다도 작가 자신에게 축복이 되길 바라마지 않는다.

달팽이의 꼬리

초판 1쇄인쇄 2021년 7월 27일
초판 1쇄발행 2021년 7월 30일

저   자 김현삼
발행인 박지연
발행처 도서출판 도화
등   록 2013년 11월 19일 제2013 - 000124호
주   소 서울시 송파구 중대로34길 9-3
전   화 02) 3012 - 1030
팩   스 02) 3012 - 1031
전자우편 dohwa1030@daum.net
인   쇄 (주)현문

ISBN ┃ 979-11-90526-43-2 *03810
정가 13,000원

도화道化, fool는
고정적인 질서에 대한 익살맞은 비판자,
고정화된 사고의 틀을 해체한다는 뜻입니다.